_______________________________ 님께

_______________________________ 드림

시가
너처럼
좋아졌어

시가
너처럼
좋아졌어

신현림 엮음

북클라우드

Contents

일러두기

1 본문에서 책 제목은 《 》, 시 제목은 ' '로 표기했습니다.
2 맞춤법과 띄어쓰기는 '한글 맞춤법 통일안'과 '표준국어대사전'을 원칙으로 했습니다.
3 이 책에 실린 외국 시의 번역은 기본적으로 원문에 충실했으나, 이해를 돕기 위해 일부 의역한
  표현도 있습니다.
4 외국 시의 제목은 경우에 따라 역자가 붙인 제목으로 표기하기도 했습니다.
5 시 본문에 쓰인 한자는 한글 표기로 고쳐 실었습니다.

저녁 무렵 식사 후 일거리를 들고 동네 카페에 갔다. 유리문을 여니 향긋한 커피 냄새와 훈훈한 공기가 나를 안아 주었다. 애인 대신 커피향이라니, 속으로 뇌까리며 이것도 기분이 괜찮은데, 하며 커피를 시키고 자리에 앉았다. 그리고 아주 푸근한 상태로 흐뭇하게 카페 안을 돌아보았다.

그런데 내 주변은 모두 여성이었다. 내 옆으로 20대부터 50대 여성들까지 모두 모여 있었다. 기분이 야릇했다. 마치 내가 살아오고, 살아갈 세월을 다 모아 놓은 듯했다. 20대 초반 여성 셋은 모두 스마트폰을 잡고 웃으면서 카톡을 열심히 두드렸다.

그중 34세쯤 되어 뵈는 여성만 책을 보고 있었다. 시집 같기도 했다. 저 책이 뭘까? 궁금해졌다. 내가 시인이라서가 아니라, 인생은 알려는 열정과 생의 깊이 추구가 중요하다고 여겨선지 독서하는 사람을 남달리 애정을 갖고 바라보곤 한다. 거기에 시 읽는 이들은 은은한 향기까지 더하여 예쁜 펜이라도 사 주고 싶어진다.

누구라도 시 읽는 사람은 생각하며 살기에 아름답고, 추구하며 살기에 안심된다.

그 30대 여성 너머 50대 여성 둘은 옷 광고 카탈로그를 보고 있었다. "이 코트는 이 색하고 보라색 두 개 있어?" 하며 옷을 고르고 있었다. 도무지 시 한 줄 읽으실 것 같지 않은 분위기였다. 하지만 사람의 일은 모른다. 지금 시를 안 읽더라도 어떤 계기가 되어 시를 좋아할지도 모르니까. "시가 너처럼 좋아졌어."란 말을 하면서 말이다.

타인에게서 가장 좋은 점을 찾아내
그에게 이야기해 줄래?
우리들은 누구에게나 그것이 필요해.
우리는 타인의 칭찬 속에 자라 왔어.
그리고 그것이 우리를 더욱 겸손하게 만들었어.
사람은 누구나 타고나길 위대하고 훌륭해.

이 시집 속 메리 헤스켈의 시 '타인의 아름다움'을 부분만 읽고도 기분이 좋아서 누군가는 불꽃 같은 생의 의욕을 다시 찾을지도 모른다.

나는 뜨거운 커피 잔을 부드럽게 흔들고 식혀 갔다. 문득 시는 이 뜨거운 갈색 커피와 같다고 생각했다. 멀고 오래된 추억으로 이끌고, 사람과 사랑을 그립게 하는 커피 잔의 따스함. 그리고 마음을 들여다보게 하는 거울 같은 힘이 있네, 하고 고개를 끄덕였다.

좋은 시를 읽으면 나는 내 안에 살아 있는 소녀를 느낀다. 그 소녀는 어른아이다. 어른이 되었어도 여전히 아이들처럼 흔들리고, 헤매고 힘들어하는 아이. 어른들은 아이처럼 굴면 안 되는 것으로 알고, 그 아이를 숨길 수밖에 없었다. 숨겨야만 잘 산다고 느끼고 인정받기 때문이다. 하지만 진실한 속마음은 어린아이의 허기를 채워야 산다.

답답하고, 힘든 현실을 훌쩍 뛰어넘어 자유롭게 춤을 추고, 꿈을 꾸며 삶을 부드럽게 만드는 건 소녀가 있기 때문이다. 이제 이 시집을 읽을 때만큼은 자신을 속이지도 말며, 숨기지도 말고, 편안히 어른아이를 인정했으면 한다. 일상을 신명 나게 만들고, 잊었던 꿈의 리듬을 살려 주는 내 안의 어린이, 혹은 소녀가 시를 읽고 기쁘게, 열정을 되찾아 살길 바란다.

당신도 친구들과 아니면 가족과 아이들과 시집을 보면서 "시가 너처럼 좋아졌어."라고 말할 수 있지 않을까. 그 말 한마디 때문에 서로들 두 배는 더 행복해지면 좋겠다. 이 시집 속의 시 '미완성의 시' 속에서 아래처럼 나타났듯이.

"나는 말의 위력과 말의 예언력을 안다"

위의 마야코프스키의 시귀처럼 말의 힘을 나도 믿기 때문이다.

살다 보면 자신감을 잃고 한없이 나약해져 헛된 인생을 살았다고 생각한 때가 얼마나 많은가.

서른, 마흔을 산다는 건 뭘 해야 하고 어떻게 살아야 할지도 모르는 스무 살 때와는 분명 달라야 할 것 같다. 뜻깊은 변화가 되어야 됨은 분명하다.

누구나 변화를 꿈꿀 때 선택하는 책이 있고, 마주치는 사람이 있고, 가슴 울렁거리게 하는 장소가 있을 것이다. 그렇게 자신을 바꾸는 선택으로 뜻깊은 인생은 온다. 누구나 그런 날을 꿈꾸며 산다.

수많은 이별이 슬픔을 만들고
수많은 눈물이 사람을 만들어간다
좋든 싫든 스위치를 켰다 끄듯이 사건은 터지고
우리네 사랑도 왔다 간다 그동안 내게도
백열등만한 아이가 자라 방을 비춘다

아가야, 엄마는 술이 필요하구나
생존의 회전목마를 돌리느라
오래된 와인처럼 자신을 가꾸지 못했구나

샤워기가 술을 거칠게 쏟아내듯이
다시 열렬한 청춘의 리듬을 타고 싶구나
아가야, 엄만 그리운 것들이 많단다
군중, 사내의 냄새, 여행, 따뜻한 돈…
사내, 사랑 있어도 없어도 골아프고
제일 흥미진진한 사람은
우리 자신임을 기억하고 싶구나
어쨌든 삶은 아름다워야 하고
자주 혼의 기척을 느껴야 한단다

아이와 '엄마야 누나야'를 함께 부르며
아름다운 밤거리에 몸을 맡기니
사방천지 술이 내게로 흘러온다

나도 홀로 생계를 이어 가며 자식을 키우는 동안 이미 나의 청
춘은 다 사라지고 있음을 깨닫고 위의 시 '술이 쏟아지는 샤워기'
를 쓰게 되었다. 뭔가 허망하고 슬플 때는 샤워기에서도 술이 쏟
아지고, 온 천지가 술이 되어 내게로 오지 않던가.
《시가 너처럼 좋아졌어》가 나온 것은 먼저 출간되어 3년 넘게

장기 베스트셀러가 된 세계 시 모음집 《딸아, 외로울 때는 시를 읽으렴》이 계속 사랑받은 덕분이다. 애독자님들께, 그리고 페이스북 나의 페친들께 깊이 감사드린다. 목회자인 신현주, 내 여동생도 책을 주문하다가 30개나 있는 댓글을 봤다며 세계 시 모음집 또 만드느라 참 수고 많다는 문자를 주면서 아래 말을 하였다.

혜안을 지닌 동생이라 역시 시에 대한 해석이 참 좋았다. 어른은 원래 아이였고, 우리 마음은 원래 맑았는데, 고단하게 살면서 그 고운 심성을 잊었고, 잃어버리게 된다. 맞다. 시가 우리가 잃은 본래의 모습으로 돌아가게 하는 거지, 하는 깨달음 속에서 늘 좋은 시가 주는 행복한 에너지를 받고 싶다고 생각했다.

그래서 나는 시 한 줄 안 읽고 사는 이들이 신기할 때가 많다. 물론 시 같은 애인이 있어 시를 안 봐도 된다고 말하면 할 말이 없지만 말이다. 내가 하루에 책 한 페이지, 시 한 줄이라도 읽어야 마음이 편해지는 사람이라서가 아니다. 시는 모든 예술의 근원이고, 우리가 아름답다라고 말하는 풍경과 장면과 이미지와 그 모든 것이 시적이기 때문이다. 가장 아름다운 영화나 음악 등 최고의 예술에는 최고의 시심(詩心)이 깃들어 있다.

시라는 향기로운 바람이 당신 삶에 깊이 물들기를 바란다. 그리움의 이름으로, 슬픔과 기쁨의 이름으로. 시로 시간을 잊고 따분함과 슬픔을 잊거나 녹여내기를 빈다. 그렇게 시의 매혹을 느낄 때 누군가 상처를 치유하게 된다. 치유는 바뀌는 것이다. 사람의 마음 상태가 바뀌어 삶도 천천히 바뀌는 것이다.

시를 읽는 사람들은 오늘 하루 더 세상과 사람들을 사랑할 것이다. 그리고 시가 더없이 좋아져서 시를 전도하는 사람이 될지도 모른다. 이 시집을 다 읽고 틀림없이 그렇게 되는 누군가는 있으리라 기대한다. 그만큼 이 시집을 위해 편집자와 나는 1년 넘게 좋은 시를 모아 왔으니까. 외국 시는 나만의 감각과 감성으로 다듬고, 원문이 있는 것은 사전을 찾아 다시 살피기도 하였다. 나를 불러 준 북클라우드 김소중 편집장과, 너무나 애쓰고 고생한 임주하 편집자에게 감사드린다. 그리고 아름다운 일러스트를 그려 준 영수 화가와 귀한 시를 빌려 주신 문단의 젊은 시인들과 선배님들께 가슴 깊이 감사드린다. 또한 얼굴 모르는 외국 시인들께도 기쁨과 고마움을 전하고 싶다.

　사랑하는 가족과 딸 서윤과 소중한 인연들인 지인들께 함께 이 세상을 살고 있음에 고마움을 전한다. 늘 힘이 되는 나의 하느님께 이 시집을 바친다.

2013년 12월
햇볕 쏟아지는 길 위에서

신현림

살아 있는 내가 나여서 기쁘고

살아 있는 내가 나여서 기쁘고
하늘이 새파라니 즐거워라.
시골의 오솔길들이 반갑고
이슬 내리니 좋아라.

해가 난 다음에 비가 내리고
비가 내린 후에 해가 나니,
할 일이 끝날 때까지
사람 사는 것이 이런 식이니.
우리가 할 것은 고작
우리 지체가 낮든 높든
하늘로 더욱 가까이
마음 자라게 애쓰는 일이니.

리젯 우드워스 리즈

이게 다 당신 거예요!

활짝 핀 손에 담긴 사랑, 그것밖에 없어요.
보석 장식이 없고, 숨기지도 않고, 상처 주지 않는 사랑,
누군가 모자 가득 앵초 풀꽃을 담아 당신에게
불쑥 내밀듯이, 아니면 치마 가득 사과를 담아 주듯이,
나는 당신에게 그런 사랑을 드려요. 아이처럼 외치면서요.
"내가 무얼 갖고 있나 좀 보세요! 이게 다 당신 거예요!"

에드너 St. 빈센트 밀레이

잃은 것과 얻은 것

내 이제껏
잃은 것과 얻은 것
놓친 것과 잡은 것
저울질해 보니 자랑할 게 없네.

나는 알고 있네.
긴긴 세월 헛되이 보내고
좋은 의도는 화살처럼
과녁에 못 닿거나 빗나가 버린 걸.

그러나 누가 감히
이런 식으로 손익을 헤아릴까.
패배는 승리의 다른 얼굴일지도 모르네.
썰물이 나가면 분명 밀물이 오듯이.

헨리 워즈워스 롱펠로우

멋진 인생

난 강으로 내려갔지.
난 강둑에 주저앉았어.
생각해 봤지만 할 수 없었어,
그만 물속에 뛰어들고 말았지.

난 한 차례 떠올라 소리 질렀어!
난 또 한 번 떠올라 고함질렀지!
물이 그처럼 차갑지만 않았으면
난 그냥 가라앉아 죽었을 거야.

하지만 물속은 추웠어!
너무 추웠어!

난 엘리베이터를 잡아탔지.
땅에서 16층까지 올라가
난 내 사랑 아가씨를 생각하고
그만 뛰어내려 버릴까 생각했어.
난 거기 서서 소리 질렀지!
난 거기 서서 고함질렀어!

그곳이 그처럼 높지만 않았으면
난 그냥 뛰어내려 죽었을 거야.

하지만 거긴 너무 높았어!
너무 높았어!

그래서 난 지금도 여기 살고 있지.
아마도 계속 살아갈걸.
사랑을 위해 죽을 수도 있었겠지만
나도 살려고 태어난 것 아니겠어.

내 외침 당신이 듣게 될 줄 모르고
내 우는 모습 당신이 보게 될지 모르지만
사랑스런 아가씨, 나 죽는 걸 당신이 보게 될 일은,
앞으로 절대로 없을 거야.

멋진 인생이야!
포도주처럼 멋져!
멋진 인생이야!

랭스턴 휴스

고양이

뜨거운 여름 볕에 푸른 고양이
가뿐히 안아 보니 손이 가려워,
털이 살짝 움직이니 내 마음마저
감기 든 듯이 몸도 뜨겁다.

요술쟁이인지, 금빛 눈에는
깊게 숨 내쉬며 두려움 가득,
던져 떨어뜨리면 가벼이 올라
녹색 빛 땀방울이 가만히 빛난다.

이렇게 한낮 속에 있다 하지만
보이지 않는 느낌 숨어 있어,
몸 전체 쫑긋 세우고
보리 향그러움에 뭔가 노린다.

뜨거운 여름 볕에 푸른 고양이
볼에 비비어 대니, 그 아름다움,
깊게, 그윽하게, 두려움 가득
언제까지나 안고 싶어라.

키타하라 하쿠슈

세상에! 보고픈 당신

세상에!
보고픈 당신
당신이 날 보고프다시면
나는 늘 세상 밖으로 달려가요
당신이 계신 곳은 어디든 세상 밖
세상이 모르도록 깊이 잠든 당신
나는 세상 밖의 남자이므로
세상이 몰라도 당신 곁에 있어요
바로 곁에
꿈이라면 꿈속에
삶이라면 그 속에
보고픈 당신
당신이 날 보고프다시면
언제나 세상은 깊이 잠들죠
세상에나!

\# 성기완

이별가1

이제까진 도련님
밝음 속에서만 세상을 볼 수 있는 줄 알았어요
아시나요 도련님
작은 사랑이 끝난 뒤에 열리는 더 큰 사랑을
이제 어둠 속에서도 잘 보여요
헤어지고 있는 길과 헤어지고 있는 바람과
작은 풀들의 아픈 사랑까지 모두 보여요
사랑에 취한 이들은 알 수 없어요
작은 사랑이 끝난 뒤에
헤어지는 길과 헤어지는 바람과
헤어지는 풀들의 조용한 반짝임을
더 큰 만남을 예감하는 저 깊은 어둠의 소리를

\# 김진경

코다

받는 일, 주는 일이 별것 없고
맹물도 포도주도 별것 없다.
이런 식, 이런 식, 이런 식의 삶은
내 계획에 한 번도 없었나니
오, 허덕거리기 힘겨워라, 꼭대기에
오른 자도 얻는 것 형편없네.
예술은 배설의 한 방식이고
사랑은 끝없이 실패로 끝나며
노동은 가축이 하는 일이고
휴식은 조가비 속에 기어드는 것
하여 이제 싸움을 포기할까 하니
지옥 가는 길 좀 가르쳐 주지 않겠소?

도로시 파커

잊을 수 없는 미소

한때 우리는 금붕어를 길렀어. 두꺼운 커튼이 드리워진
커다란 유리창, 그 곁에 놓인 책상 위, 작은 어항 속에서
그들은 둥글게 헤엄치곤 했지.
늘 미소 짓던 어머니, 우리 모두가 즐거워하길 바라면서
어머니는 내게 말하곤 했지, "행복해하거라, 헨리."
맞는 말이지. 행복할 수 있다면
행복해야지. 하지만 말야.
아버지는 일주일에도 몇 번씩 나와 엄마를 두들겨 팼어.
육 척 장신의 몸속에 끓어오르는 분노,
도대체 무엇이 그의 내부에서 그 자신을 공격하는지를
알지 못했기 때문이었지.

내 어머니, 가여운 붕어,
일주일에 두세 번씩 두들겨 맞던 행복을 원하던 어머니,
"헨리, 미소 지어 봐!
넌 왜 미소 짓지 않니?" 말하곤 하던 어머니,
어떻게 미소 짓는가를 보여 주려는 듯
스스로 미소 짓던 어머니, 그것이 내가 본 가장 슬픈 미소야.

어느 날 다섯 마리 금붕어가
죽어서 물 위에 떠올랐지, 눈을 뜬 채
옆으로 누워 떠다니던 붕어들,
집에 돌아온 아버지는 부엌 바닥에 금붕어를 내던져
고양이밥이 되게 했어. 그때도 어머니는 미소 짓고 있었고
우리들은 바라보고만 있었지.

찰스 부코스키

어머니

끈적끈적한 햇살이
어머니 등에 다닥다닥 붙어
물엿인 듯 땀을 고아내고 있었어요

막둥이인 내가 다니는 대학의
청소부인 어머니는 일요일이었던 그날
미륵산에 놀러 가신다며 도시락을 싸셨는데
웬일인지 인문대 앞 덩굴장미 화단에 접혀 있었어요
가시에 찔린 애벌레처럼 꿈틀꿈틀
엉덩이 들썩이며 잡풀을 뽑고 있었어요
앞으로 고꾸라질 것 같은 어머니,
지탱시키려는 듯
호미는 중심을 분주히 옮기고 있었어요
날카로운 호밋날이
코옥콕 내 정수리를 파먹었어요

어머니, 미륵산에서 하루죙일 뭐허고 놀았습디요
뭐허고 놀긴 이놈아, 수박이랑 깨먹고 오지게 놀았지

\# 박성우

병산 노을

쌍매화를 보러갔다가 꽃은 못 보고
대숲 일렁이는 서쪽 너머
세상에서 가장 큰 꽃으로 지는 노을만 보았네
만대루 마루 가득 내려 쌓이는 노을꽃잎만 보았네

쌍매화 보러갔다가 꽃 그림자는 못 보고
그대 가슴에 사랑이 꽃으로 지는지
내 가슴 마루 가득 꽃물들이고 우네
사라랑사랑 노을 물든 솔바람 소리
심장에 들이고 귀 기울여 우네

안상학

가난한 이에게

가난한 자의 아들이여!
가난하다고 스스로 멸시하고 비웃지 마세요.
가난하여 그대가 상속받은 재산이 있어요.
튼튼한 수족과 굳센 마음,
무슨 일이고 꺼리지 않고 할 수 있는 힘.
가난하기에 그대에게 참을성이 있고,
작은 것도 고맙게 생각하는 마음이 있죠.
가난하기에 우정이 두텁고
괴로운 사람을 돕는 상냥한 마음씨,
이것들은 그대의 재산이에요.
이러한 재산은 왕도 물려주고 싶을 거예요.
이러한 재산은 그대가 가난하기에
얻은 고귀한 재산임을 아세요.

제임스 러셀 로우웰

타인의 아름다움

타인에게서 가장 좋은 점을 찾아내
그에게 이야기해 줄래?
우리들은 누구에게나 그것이 필요해.
우리는 타인의 칭찬 속에 자라 왔어.
그리고 그것이 우리를 더욱 겸손하게 만들었어.

사람은 누구나 타고나길 위대하고 훌륭해.
아무리 누구를 칭찬해도 지나침은 없어.
타인 속에 있는 위대함과 아름다움을
발견하는 눈을 길러 볼래?

그걸 찾는 대로
그에게 칭찬해 줄 마음을 함께 가져 보자.

\# 메리 헤스켈

첫날

당신을 만났던 그 첫날, 첫 시,
첫 순간을 기억하면 좋겠어요.
밝거나 어둑한 계절이었다면
여름이나 겨울이라 할 수도 있으련만
흔적 하나 없이 사라지고 말았어요.
눈이 멀어 눈앞도 미래도 보지 못했지요.
너무 둔해 내 나무에 싹이 돋는 것도 몰랐어요.
나중엔 오월에도 꽃 피우지 못할 내 나무에 말예요.
기억할 수만 있으면 좋으련만! 그처럼
중요했던 날들! 나는 그저 지나간 눈 녹이듯
그날을 자취 없이 흘려보내고 말았어요.
하찮은 것 같았어도 커다란 의미를 가졌던 것을!
이제 와서 그 감촉 다시 기억할 수 있다면
잡았던 손길의 그 첫 감촉을! 알기라도 한다면!

\# 크리스티나 로제티

예래 바다에 묻다

눈 감고 내 눈 속 희디흰 바다를 보네
설핏 붉어진 낯이 자랑이었나 그대 알몸은
그리워 이가 갈리더라 하면 믿어는 줄거나
부질없이 부질없이 손톱만 물어뜯었다 하면 믿어는 줄거나
내 늙음이 수줍어
아닌 듯 지나가며 곁눈으로만 그댈 보느니
어쩔거나
그대 철없어 내 입안엔 신 살구내음만 가득하고
몸은 파계한 젊은 중 같아 신열이 오르니
그립다고 그립다고 몸써리치랴
오 빌어먹을, 나는 먼 곳에 마음을 벗어두고 온 사내
그대 눈부신 무구함 앞에
상한 짐승처럼 속울음 삼켜 나 병만 깊어지느니

김사인

내 나이 스물하고 하나였을 때

내 나이 스물하고 하나였을 때
어느 현명한 사람이 말했지요.
"크라운, 파운드, 기니, 돈은 다 주어도
네 마음만은 주지 말거라."
하지만 내 나이 스물하고 하나였으니
무슨 말인지 알지 못했지요.
"마음으로 주는 사랑은
늘 대가를 치르는 법.
그것은 하많은 한숨과
끝없는 슬픔에 실려 간단다."
지금 내 나이 스물하고 둘
아, 그건, 그건 정말 진리예요.

알프레드 에드워드 하우스먼

30세 시인

이제 서른에 접어들어
내 삶을 바라보노라.
과거와 같은 미래, 같은 풍경이긴 하나
서로 다른 계절에 속해 있구나.

이쪽은 어린 노루뿔처럼 굳은 포도 넝쿨로
붉은 땅이 덮혀 있고 빨랫줄에 널린 빨래가
웃음과 손짓으로 하루를 맞아 준다.
저쪽은 겨울 그리고 내게 주어질 명예.

비너스여, 아직 날 사랑한다 말해 주오.
내가 네 이야기를 하지 않았다면,
내 삶이 내 시로서 이루어지지 않았다면
난 너무도 공허해 지붕 위에서 뛰어내렸을 것이다.

장 콕토

어린 딸이 생각하는 것

남의 아내의 어깨는 왜 저렇게도 향기로울까.
만리향처럼
치자꽃처럼
남의 아내의 어깨에 서린
저 가냘픈 아지랑이 같은 것은
무엇일까?
어린 딸아이는 자기도 그랬으면 좋겠다고 생각했다
아무리 예쁜 처녀에게도 있을 수 없는
너무도 멋있는 그 무엇이…

어린 딸이 어른이 되어
아내가 되어 어머니가 되어
어느 날 갑자기 알게 되었다

남의 아내의 어깨에 내리쌓이는
저 아름다운 것은
나날이
사람을 사랑해 가는
그냥 그대로의 피로였다는 것을

\# 이바라기 노리코

나그네

말씀해 보세요, 수수께끼 같은 양반, 당신은 누구를 가장
사랑하나요?
당신의 아버지나 어머니, 누이나 형제인가요?
내겐 아버지도, 어머니도, 누이도, 형제도 없답니다.
그럼, 친구들인가요?
당신은 지금까지 내가 통 몰랐던 말을 사용하고 계시는군요.
당신의 나라입니까?
나는 그게 이 세상 어디쯤에 있는지도 모른답니다.
미인은?
예, 미인이라면 사랑할 수 있습니다. 죽지 않는 성스러운
여신 같은 미인이라면.
돈은?
황금은 싫어합니다. 당신들이 신을 싫어하듯이.
그럼, 말해 보세요. 당신 마음에 드는 게 도대체 무엇입니까,
유별난 나그네시여?
구름을 사랑합니다… 흘러가는 구름을… 저기 저 위에서
흘러가는 구름을, 저 경이로운 구름을!

\# 샤를르 보들레르

연못과 제비

제비가 초여름의 연못 위를 날고 있네
제비는 나른한 수면을 위아래로 흔들어 깨우네
연못의 수면은 큰 입을 가졌고, 하품을 하고, 원피스를 입었지
제비는 수면 위를 낮게 날며 뭔가를 꺼내가려 하네
연못에는 손거울, 노란 해바라기, 조용함과 친절함, 하모니카,
달, 옛사랑이 있다네
투명한 빛이 연못을 들여다보고 있네
초여름이 비행선처럼 떠서 연못을 지나가네

\# 문태준

슬픈 감자 200그램

슬픈 감자 200그램을 세탁실로 옮깁니다.
슬픈 감자 200그램을 신발장 앞으로 옮깁니다.
그리고 다음날엔
슬픈 감자 200그램을 거울 앞으로 옮깁니다.

슬픈 감자 200그램을 옷장에 숨깁니다.
어젯밤엔
슬픈 감자 200그램을 침대 밑에 넣어두었습니다.
오늘 밤엔
슬픈 감자 200그램을 의자 밑에 숨깁니다.

슬픈 감자 200그램은 슬픕니다.
슬픈 감자 200그램은 딱딱하게 슬픕니다.
슬픈 감자 200그램은 알알이 슬픕니다.

슬픈 감자 200그램은.

박상순

그녀는 예쁘게 걸어요

그녀는 예쁘게 걸어요, 구름 한 점 없이
별 총총한 밤하늘처럼.
어둠과 빛의 그중 나은 것들이
그네 얼굴 그네 눈에서 만나
부드러운 빛으로 무르익어요,
어수선한 낮에는 보이지 않는.

어둠 한 겹 많거나 빛 한 줄기 모자랐다면
새까만 머리 타래마다 물결치는
혹은 얼굴 부드럽게 밝혀 주는
저 숨 막히는 우아함 반쯤은 지워졌을 거예요.
밝고 즐거운 생각들이 그 얼굴에서
그곳이 얼마나 순결하고 사랑스러운가 알려 줘요.

그처럼 상냥하고 조용하고 풍부한
뺨과 이마 위에서
사람의 마음 사로잡는 미소, 환한 얼굴빛은
말해 줘요, 선량히 보낸 날들을,
지상의 모든 것과 통하는 마음을,
그리고 순수한 사랑의 피를.

조지 고든 바이런

연자간

달빛도 거지도 도적개도 모다 즐겁다
풍구재도 얼럭소도 쇠드랑볕도 모다 즐겁다
도적괭이 새끼락이 나고
살진 쪽제비 트는 기지개 길고

홰냥닭은 알을 낳고 소리 치고
강아지는 겨를 먹고 오줌 싸고

개들은 게모이고 쌈지거리하고
놓여난 도야지 둥구재벼 오고

송아지 잘도 놀고
까치 보해 짖고

신영길 말이 울고 가고
장돌림 당나귀도 울고 가고

대들보 위에 베틀도 채일도 토리개도 모도들 편안하니
구석구석 후치도 보십도 소시랑도 모도들 편안하니

백석

감나무

감나무 저도 소식이 궁금한 것이다.
그러기에 사립 쪽으로는 가지도 더 뻗고
가을이면 그렁그렁 매달아 놓은
붉은 눈물
바람결에 슬쩍 흔들려도 보는 것이다.
저를 이곳에 뿌리박게 해놓고
주인은 삼십 년을 살다가
도망 기차를 탄 것이
그새 십오 년인데…
감나무는 저도 안부가 그리운 것이다.
그러기에 봄이면 새순도
담장 너머 쪽부터 내밀어 틔워보는 것이다.

이재무

어느 9세기 왕의 충고

너무 똑똑하지 말고, 너무 어리석지도 말라.
너무 나서지도 말고, 너무 물러서지도 말라.
너무 거만하지도 말고, 너무 겸손하지도 말라.
너무 떠들지도 말고, 너무 침묵하지도 말라.
너무 강하지도 말고, 너무 약하지도 말라.
너무 똑똑하면 사람들이
너무 많은 걸 기대할 것이다.
너무 어리석으면 사람들이 속이려 할 것이다.
너무 거만하면 까다로운 사람으로 여길 것이고
너무 겸손하면 존중하지 않을 것이다.
너무 말이 많으면 말에 무게가 없고
너무 침묵하면 아무도 관심 없을 것이다.
너무 강하면 부러지고
너무 약하면 부서질 것이다.

어느 9세기 아일랜드의 왕

나비가 된 편지

아침 이슬 맺힌 장미꽃들에게 웃음 짓는 것처럼
오! 어린 연인들은 저마다 꽃을 갖고 있구나.
꽃들은 부드럽고 넓게 떨리며 잎을 여닫고
재스민과 보랏빛 협죽도 안에서만
흰 날개들이 눈부시게 펄럭이는데
오 봄이여, 우리들이
달뜬 남자들로부터 생각에 잠긴 여인들에게로 가는
그 종이 위의 고백들, 호박단 위에 펜으로 쓴 사랑과 황홀,
열광의 메시지들, 사월에 받고 오월이면 찢어 버릴
그 모든 편지들을 기다릴 때
흥겨운 바람에 실려 초원이나 숲, 물 위나 하늘로
날아가는 것들을 보는지.
여기저기 영혼을 찾아 배회하고 맴도는 그것
여인의 입에서 피어나는 꽃을 찾아 달리며
향기로운 징표들로 나비가 되어 날아가는
저 작고 예쁘고 흰 조각들이여.

\# 빅토르 위고

인사

오 철저히 점잔 빼고
철저히 거북한 세대여,

나는 어부들이 햇빛 속에 소풍하는 걸 보았고,
그들이 지저분한 가족들과 함께 있는 걸 보았고

이 다 드러낸 그들의 웃음을 보았고
본데없는 웃음소릴 들었다.

그리고 나는 너보다 행복하고
그들은 나보다 행복했다.

물고기는 호수에서 헤엄치는데
옷조차 갖지 않았다.

에즈라 파운드

아무도 모른다, 나를

세상이 옛날처럼 돌고 있다
모든 사람이 자기 자리에서 항상 바쁘다
달과 태양 그리고 별들이 옛날처럼 빛을 주고 있다
하지만 나의 마음은 어둡다
나는 왜 나처럼 되었나
나의 마음은 아프다
어느 날 하루 나는 마른 꽃처럼 마음도 말랐다
당신은 나를 알아도 알려고 하지 않았다
나는 바보처럼 당신에게 다가가고 있다
하나의 진실을 꼭 잡으면서
너는 나를 버린다 나를 바보라고
그래도 나는 왔다 당신의 사랑을 위해
당신은 나를 모른다 하늘은 있지만 구름이 없다
나는 어디에도 없다
바람은 있지만 나는 어디에도 없다

하킴

소녀들에게

딸 수 있을 때 장미꽃을 모으세요.
낡은 시간은 쉼 없이 날아가고
오늘 웃는 이 꽃은
내일이면 죽을 거예요.

하늘 찬란한 등불 해는
더욱 높이 뜰수록
더욱 빨리 달려
일몰은 더욱 땅에 가까워질 거예요.

젊음과 피가 더욱 따스한
처음인 때가 최고지만
젊음이 한 번 가 버리면 점점 나빠지죠.
시간은, 여전히 앞선 시간을 따라가요.

그러니 수줍어 말고, 당신의 시간을 맘껏 쓰세요.
그리고 할 수 있을 때 결혼해요.
한창 때를 놓치면
영원히 기다리며 살지 모르니.

\# 로버트 헤릭

선물

누군가 오래된 모자를 선물로 보내왔다
챙이 없는 벙거지 모자였다
머리를 묻기에 적당히 좋을 만큼
예쁜 무덤이었다

묻을까 말까
한참을 고민하다
그냥 머리를 묻기로 했다

빈 무덤이
따뜻했다

한겨울을 무사히 났다

고영

슬프고 괴로운 일을 만나거든

그대가 슬프고 괴로울지라도
이렇게 생각하라.
'지금 내가 당하는 괴로운 일은
앞으로도 있을 것이고
또 다른 사람도 당하는 일이다.'라고.

또 이렇게도 생각하라.
'이런 것은 오늘 처음 있는 괴로움이 아니고
과거에도 있었던 일인데, 다만 지금은
다 잊고 무심해졌을 뿐이다.'라고.

그대가 괴롭고 슬플지라도
단지 하나의 시련일 뿐이라고 생각하라.
쇠는 뜨거운 불에 달구어야 강해진다.
그대도 지금 당하는 시련으로
더욱 굳센 마음이 될 것이다.

아우렐리우스

고독

웃어라, 그러면 세상도 너를 따라 웃을 것이다.
운다면 너는 혼자 울게 될 것이다.
슬프고 늙은 대지는 즐거움도 빌려야 하는데
자기 고통만으로도 충분하기 때문이다.
노래하라, 그러면 언덕들이 화답할 것이다.
한숨 소리는 허공 중에 사라질 것이다.
메아리도 즐거우면 되울리지만
근심 어린 소리에는 작아지는 법이다.

기뻐하라, 그러면 사람들이 너를 찾을 것이다.
슬퍼하면 사람들은 가 버릴 것이다.
그들은 네 기쁨의 모두를 원하지만
네 고뇌가 필요하지는 않다.
즐거워해라, 그러면 네 친구가 많아질 것이다.
슬퍼하면 모두를 잃을 것이다.
신주로 가득 찬 네 술을 거절할 사람은 없다.
인생의 쓴잔은 너 혼자 마셔야 할 것이다.

연희를 베풀어라, 그러면 네 집은 손님으로 넘쳐날 것이다.
단식하면 세상은 그냥 지나갈 것이다.
성공해서 나눠 주어라, 그러면 네가 사는 데 도움될 것이다.
하지만 네가 죽는 걸 도와줄 사람은 없다.
기쁨의 거실은 넓어
길고 화려한 행렬을 모두 수용할 수 있지만
고통의 길은 좁아
한 사람씩 한 사람씩 한 줄로 가야 하는 법이다.

엘라 휠러 윌콕스

세상사

많이 가진 자는 금방 또
더 많이 갖게 될 것이고
조금밖에 가진 것이 없는 자는
그것마저 빼앗길 것이다.

땡전 한 닢 없이 당신이 빈털터리라면
아 그때는 무덤이나 파는 수밖에
이 세상에서 살 권리가 있는 자는
뭔가 가지고 있는 놈들뿐이니까

\# 하인리히 하이네

바다가 되어버린 친구

바다가 되어버린 친구를 봤네.
그는 견디지 못하고 울어버렸네.
미처 장갑을 벗지 못했지.
눈보다 손이 먼저 부어버렸네.
아무것도 만질 수 없었네.
울면서 떠났다네.
오랫동안 기다리다 떠났네.
그가 흘린 그림자를 만졌다가

나는 그만 죽어버렸네.

\# 최현우

이곳은 그리고 그곳은

'이곳은'

부드러운 구월 햇살이 축복으로 내리고
아이들 웃음소리로 가득하고
영국 푸른 잔디 마당엔 화사한 꽃과 나비가 춤춘다.
모두가 푸른 하늘 품 안에서.

'그곳은'

끊임없는 총소리와 혼란
죽은 사람과 죽어 가는 사람들, 빼앗고 빼앗기는 전쟁터
피와 진창과 파괴, 나팔소리와 외침과
울부짖는 소리로 넘친다.
모두가 푸른 하늘 품 안에서.

\# 프란시스 W. 부르디옹

죽음을 앞둔 어느 노철학자의 말

나는 그 누구와도 싸우지 않았다.
싸울 만한 가치가 있는 상대가 없었기에.
자연을 사랑했고, 자연 다음으로는 예술을 사랑했다.
나는 삶의 모닥불 앞에서 두 손을 쬐었다.
이제 그 불길 가라앉으니 나 떠날 준비가 되었다.

월터 새비지 랜더

여행하는 노인

한길을 따라 쪼고 있는
작은 산울타리 새들도 그를 신경 쓰지 않네.
그는 계속 나아가네. 그의 얼굴, 그의 걸음,
그의 걷는 모양에 한 표정이 깃들어 있고, 각 수족,
그의 얼굴과 구부정한 모습, 모두 고통스레
움직이는 게 아니라, 생각에 잠겨 움직이는
사람이라 느껴지네 그는 알 수 없을 만큼
차분한 고요에 몸을 맡기고 있어 그에게는 모든 노력도
다 잊힌 듯하고, 기나긴 인내를 딛고
저토록 온화한 자세를 얻은 사람이라서 그런지,
이제는 그 인내마저 그에게는 필요 없는
어떤 물건처럼 보이지. 그는 천성에 따라
저토록 완전한 평온에 이르렀으니, 젊은이는 부럽게

바라보네, 그 노인은 거의 느끼지도 않는 무언가를.
나는 그에게 어디로 가는 길인지, 여행 목적이
무엇인지 물어보았는데, 그가 대답하기를
"선생! 나는 해전에 나갔다가 팰머스로 이송되어,
한 병원에서 죽어 가는
수병, 내 아들의 마지막 임종을 지키려고
멀고 먼 길 가는 중일세."

윌리엄 워즈워스

아름다움은 다 흘러간다

늙디늙은 사람들의 얘기를 들었다
"세상에 변하지 않는 건 없지,
우리도 하나씩 사라져 가네."
그들의 두 손은 새의 발톱과 같았고
그들의 무릎은 물개의 늙은 가시나무처럼
비틀려 있었다.
늙디늙은 사람들의 얘기를 들었다.
"아름다운 것들은 다 물처럼
흘러가 버리지."

윌리엄 버틀러 예이츠

여름과 겨울

햇살 밝은 유월의 끝 무렵
어느 청명하고 상쾌한 오후였다,
북풍이 수평선에서 떠가는 산 같은 은색 구름을
한 무리로 모으고 티 하나 없는 하늘이
그 구름 너머로 영원처럼 열리고 있었다.
만물이 태양 아래에서 즐거웠다. 잡초,
강과, 옥수수 밭과, 갈대도,
가벼운 미풍에 반짝이는 버드나무 이파리들과,
커다란 나무들의 단단한 잎들도.

새들이 깊은 숲에서 죽어 가고,
따듯한 호수의 진흙과 질흙마저
벽돌처럼 딱딱한 주름진 흙덩이로
만들고, 물고기들이 반투명의 얼음 속에
빳빳하게 누워 있는 어느 겨울이었다,
느긋한 어른들이, 자식들을 비집고
커다란 난롯가로 모여들어도, 추운 때였다
아, 그런데, 집도 없는 저 늙은 거지는 어쩌나!

퍼시 비시 셸리

복사꽃 마을의 이야기와 시

진시황이 천하의 질서를 어지럽히자
어진 사람들은 그 난세를 피하였네.
허황공과 기리계는 상산으로 은거하고
도화원의 조상들도 떠났네.
지나간 자취 점차 파묻혀 버리고
도화원으로 왔던 길도 마침내 황폐해졌다네.
서로 격려하며 농사일에 힘쓰고
해 지면 서로 더불어 돌아와 쉬었다네.
뽕나무와 대나무는 짙은 그늘 드리우고
콩과 기장은 철 따라 심네.
봄에는 누에에서 긴 실을 뽑고
가을걷이에도 세금이 없네.
황폐한 길은 오가기에 흐릿하고
닭과 개만 서로 소리 내어 우네.
제사는 여전히 옛 법도대로 하고
복장도 새롭지 않구나.

아이들은 쏘다니며 노래 부르고
노인들은 즐겁게 놀러 다니네.
초목이 무성하면 봄이 온 걸 알고
나무가 시들면 바람이 매서움을 아노라.
비록 세월 적은 달력 없지만
사계절은 저절로 한 해를 이루나니
기쁘고도 즐거움이 많은데
어찌 수고로이 꾀쓸 필요 있을까.
기이한 자취 오백 년 숨어 있다가
하루아침에 신선 세계 드러났네.
순박함과 경박함은 처음부터 서로 달라
곧바로 다시 깊이 숨었네.
세속의 사람들에게 묻노니
어찌 세속 밖의 일을 알 수 있으리오.
원하노니 가벼운 바람 타고
높이 날아 나와 뜻 맞는 사람 찾고 싶네.

도연명

공룡

공룡은 멸종되지 않았다
중생대 백악기까지 번성했다가 사라졌다는
잡식성 육식성 초식성 파충류 무리
몸길이 이 미터에서 큰 것은 오십 미터나 된다는
그들이 더 큰 몸과 무리로 살아
쿵쿵쿵 도시의 빌딩 사이를 헤집고 다니고 있다
이빨이 화살촉처럼 생긴 놈
시속 오십 킬로로 달려가는 놈
하루에 삼백 킬로그램이나 먹어대는 놈
이마에 창 뿔이 세 개나 달린 놈
생김새와 식성과 행동양식이 천차만별인
공룡이 뛰어다니고 있다
저기 봐 저놈들
마구 먹어대고 싸고 부수고 짓고
달려가고 싸우고 공격하고 흠집 내는
저 거대한 공룡들 좀 봐
꿈속에서도 나는 그놈들이 무서워
자다가 벌떡 일어났다
푸스스한 머리 늘어진 눈꺼풀 입가에 묻은 침
거울 앞에 또 한 마리의 공룡이 서 있었다

권대웅

세상 사람의 사귐

세상 사람들이 사귈 때
돈을 필요로 하나니
돈이 많지 못하면
교제도 깊어지지 못한다

친구가 되어
잠시 친하게 사귄대도
결국
지나쳐 버리는 사람처럼
무관심해지고 만다

장위

당신이 바라는 것

당신이 바라고 계시는 것이
도리에 맞아서 귀하다면
또는
틀리지 않다면
어이해 부끄러워하나요.
분명한 말투로 어서 말해요.

삽포

앙상블

골방의 늙은이들은 우물쭈물하지
죽음이 마치 올가미라도 되는 양

한 걸음 한 걸음 내딛으며 울음을 터뜨리는 아가들
인생이 마치 가시밭길이라도 되는 양

알약을 나눠 먹고 밤거리를 배회하는 소녀들
환각이 마치 지도라도 되는 양

편지를 받아든 군인들은 소총을 갈겨대지
이별이 마치 영원이라도 되는 양

술에 취해 뒹굴며 자해하는 노숙자들
육체가 마치 실패의 원인이라도 되는 양

각별하고 깊은 감정은 어디에서 오는 걸까
침묵이 마치 그 해답이라도 되는 양

놀람 속에서 바라보는 시인들
순간이 마치 보석이라도 되는 양

황병승

까막눈 하느님

해도 안 뜬 새벽부터
산비탈 밭에 나와 이슬 털며 깨단 묶는
회촌마을 강씨 영감,

성경, 한 줄 못 읽는 까막눈이지만
주일이면 새 옷 갈아입고
경운기 몰고
시오리 밖 흥업공소에 미사 드리러 간다네

꾸벅꾸벅 졸다 깨다
미사 끝나면
사거리 옴팍집 손두부 막걸리를
하느님께 올린다네
아직은 쓸 만한 몸뚱아리
농투성이 하느님께 한 잔,
만득이 외아들 시퍼런 못물 속으로 데리고 간
똥강아지 하느님께 한 잔,

모 심을 땐 참꽃 같고
추수할 땐 개좆 같은
세상에게도 한 잔…

그러다가 투덜투덜 투덜대는
경운기 짐칸에 실려
돌아온다네

전동균

어떤 영혼들은

어떤 영혼들은
푸른 별들을 갖고 있다,
시간의 틈에
끼워 놓은 아침들을,
그리고 꿈과
노스탤지어의 옛 이야기가 소곤대는
정결한 구석들을.

또 다른 영혼들은
열정의 빛과 그림자들로 괴로워한다.
따뜻하고 먹어 버린 과일들.
그림자의 흐름과도 같이
멀리서 오는
타 버린 목소리의 메아리.
슬픔이 없는 기억들.
키스의 부스러기들.

내 영혼은
오래 익어 왔다
그건 시든다,
이상하고 야릇하게 어두운 채로.
환각에 깊이 가라앉은
어린 돌들은
내 생각의 물 위에 떨어진다.
모든 돌은 말한다
"신은 멀리 계시다!"

\# 페데리코 가르시아 로르카

식당방

우리 집 식당방에는 윤이 날 듯 말 듯한
장롱이 하나 있는데, 그건

우리 대고모들의 목소리도 들었고
우리 할아버지의 목소리도 들었고
우리 아버지의 목소리도 들은 거야.

그들의 추억을 언제나 간직한 장롱.
그게 암말도 안 하고 있다고 생각하면 잘못이지.
그건 나와 이야기를 나누고 있으니까.

거기엔 또 나무로 된 뻐꾸기시계도 하나 있는데,
왜 그런지 소리가 나지 않아.
난 그것에 그 까닭을 물으려 하지 않아.

아마 부서져 버린 거겠지,
태엽 속의 그 소리도,
그냥 우리 돌아가신 할아버지들의 목소리처럼.

또 거기엔 밀랍 냄새와 잼 냄새, 고기 냄새와 빵 냄새
그리고 다 익은 배 냄새가 나는

오래된 찬장도 하나 있는데, 그건
우리한테서 아무것도 훔치지 말아야 한다는 것을
알고 있는 충직한 하인이지.

우리 집에 많은 남자들이, 여자들이
왔지만, 아무도 이 조그만 영혼들이 있음을 믿는 사람은
없어. 그래 나는 빙그레 웃는 거야.

방문객이 우리 집에 들어오며, 거기에 살고 있는 것이
나 혼자인 듯 이렇게 말할 때에는
안녕하신지요, 잠 씨?

프란시스 잠

이미지

나도 이제 아내에 대해
시를 쓸 때가 되었나보다
결혼 십오년 나이 마흔에
아내는 몰라보게 달라졌더라
우리에게 신혼이 있었던가
생각해보면 아내는
시골에 살 때 누빈 솜바지를 입고,
도시에 와서는 백화점에서 옷을 빌려 입는다 그러나
신부 화장을 하고 TV에 나올 때
빈혈로 창백한 얼굴 지워진다
FM 라디오 방송 음악 들릴 때
아내는 평소와 다른 미성(美聲)이다
침묵의 집
늘 쌀뜨물같이 잠든 혼곤한 아내
이 밤 잠을 깰까봐 조심
—나도 이제 아내에 대해
꿈을 꿀 때가 되었나보다

\# 김영산

가족사진

아버지 내게 화분을 들리고 벌을 세운다 이 놈의 새끼 화분
을 내리면 죽을 줄 알아라 두 눈을 부라린다 내 머리 위의 화
분에 어머니 조루를 들고 물을 뿌린다 화분 속의 넝쿨이 식
은땀을 흘리며 자란다 푸른 이파리가 자란다 나는 챙이 커다
란 화분모자를 쓴다 벗을 수 없는, 벗겨지지 않는 화분모자
를 쓴다 바람 앞에 턱끈을 매는 모자처럼 화분 속의 뿌리가
내 얼굴을 얽어맨다 나는 푸른 화분모자를 쓰고 결혼을 한다
제멋대로 뻗어나가는 넝쿨을 뚝 뚝 분지른다 넝쿨을 잘라 새
화분에다 심는다 새 화분을 아내의 머리 위에 덮어씌운다 두
아이의 머리 위에도 덮어씌운다 우리는 화분을 쓰고 사진관
에 간다 자 웃어요 화분들, 찰칵 사진사가 셔터를 누른다

^{# 유홍준}

가족의 초상

엄마는 뜨개질하고
아들은 전쟁에 나가고
그녀는 다 그러려니 한다, 엄마는
그리고 아빠, 그는 무엇을 하느냐고? 아빠는?
조그만 장사를 한다
그의 아내는 뜨개질을 한다
그의 아들은 전쟁에 나간다
그는 조그만 장사를 한다
그는 그게 다 그러려니 한다, 아빠는
그리고 아들은, 아들은
아들은 무엇을 알게 되느냐고?
아들은 아무것도 알지 못한다, 아들은
아들에게는 전쟁 엄마는 뜨개질
아빠는 조그만 장사 아들은 전쟁
그것이, 그 전쟁이 끝나면

그는 조그만 장사를 할 것이다, 그와 그의 아빠는
전쟁은 계속된다 엄마는 계속해서 뜨개질하고
아빠는 계속 자기 일을 한다
아들이 죽는다 일을 멈춘다
아빠와 엄마는 묘지에 간다
그들은 다 그러려니 한다, 아빠와 엄마는
삶은 계속된다 삶은 뜨개질 전쟁 조그만 장사와 더불어
장사 전쟁 뜨개질 전쟁
장사 장사 일과 더불어
삶은 묘지와 더불어

[#]자끄 프레베르

길러 보세요 사랑의 손길을

당신의 존재가
당신의 선물보다도 훨씬 의미가 있습니다
당신은 착한 일을 하려는 소망을 지니고
그저 그 자리에 있음으로써
그저 당신 자신임으로서
다른 사람들이
살아 있음을 느끼게 해 줄 수 있습니다

2월만이 진심에서 우러나는 인사를
받아들일 수 있는 달은 아닙니다
한번 시험해 보시면 아실 겁니다

'우정'이라는 당신의 예금 통장에
계속해서 예금을 하십시오
오늘 일을 사랑의 손길로
어루만져 보고
그들이 변하는 것을 지켜보십시오
당신은 그런 힘을 갖고 있습니다

작자 미상

노래

첫 애기를 가졌을 적에
여자의 입술에서
저절로 새어 나오는 노랫소리는
이 세상에서 가장 아름다운 노래다.
그것은 저 멀리
거칠고 무서운 파도마저도
곱게 쓰다듬어 버리고
뭇별들도 고개를 끄덕끄덕
길 가는 나그네를 돌아보게 하고
바람도 못 본 채 지나치는 계곡의
메마른 사과나무 여윈 가지에도
빨간 초롱불을 밝힌다.
오오 그러지 않고서야
어떻게 애기가 자라겠는가.
무엇도 막을 수 없는 이 나약하고 어린 것이

신카와 가즈에

룰룰루, 그녀의 자전거

그녀가 자전거를 타고 강변을 달립니다
은빛 바퀴를 돌리며, 그녀는 룰룰루
콧노래를 날립니다
룰룰루 봄바람이
새파랗게 펄럭입니다
그녀의 자전거를 따라
죽은 물고기가 즐겁게 떠오릅니다
새하얗게 일렁이는 물고기,
내장을 드러내고 환하게 웃습니다
그녀의 자전거
룰룰루 달립니다
그녀의 배낭이 리듬에 담깁니다
배낭 속의 물병에는 즐거운 파도가 치네요
늘씬하게 달리는 그녀의 다리
피곤하게 룰룰루 빛이 납니다

싱싱하게 룰룰루 부서집니다
물결을 따라 떠오른 물고기처럼 그녀는
경쾌하게 리듬을 탑니다
강변 지나
저물녘의 해변에 이를 때까지 룰룰루
저문빛 너머로
그녀의 자전거 달립니다
콧노래를 날리며 힘차게 힘차게
물고기가 되어
룰룰루 룰룰루

조동범

자전거를 배우는 아버지

파밭에 고꾸라진 아버지가
파꽃처럼 짧게 쳐올린 뒤통수를 긁적거리며
자전거와 함께 일어서는 저녁이었다

어린 내가
허리 부러진 대파와 함께
밭고랑에 드러누워
하얗게 웃던 밤중이었다

식구들이 깔깔거리며
대문 밖을 내다볼 때
입 벌린 대문 깊숙한 곳에 매달린 알전구가
목젖처럼 흔들렸다

아버지!
쓰러지는 쪽으로 핸들을 꺾지 마세요
아버지를 태운 자전거처럼
한쪽으로 기운 살림은 중심을 잡지 못하고
환한 파밭의 어둠 속으로 곤두박질쳤다

늘 같은 자리만 맴도는구나
벗겨진 체인을 끼우고
손으로 페달을 돌리며 아버지가 말했다

어머니는 허리 부러진 파를
뒤란에 옮겨 심었다
흙 속에 뿌리만 묻은 채
옆으로 누워 잠자는 대파들처럼,
식구들은 옹기종기
한 이불 속에 대파 같은 다리를 묻고
잠이 들었다

아버지는
죽을 때까지 자전거를 배우지 못했다
자식들은 아버지보다 많이 배웠지만
아버지보다 많은 것을 알진 못했다

[#]박후기

바람

바람아,
너
집으로 가는 거지?

나무야,
왜 멈춰 있니
어디로 갈 거니?

달님아,
무서워하지 마
우리가 멀리 침을 뱉잖아

붉은 달을
보러 나갔다가
붉은 뺨만 갖고 돌아왔어

마흔아
너
곧 집으로 가는 거지

윤진화

캐치볼

네 입술은 잘 길든 글러브 같아 잘 던지고 잘 받는다 알사탕같이
농담을 굴리며, 입을 가리고 웃는다

입은 입을 주목하고 입속에서 입속으로 같은 계절풍이 드나들고,
작은 유리잔에 담긴 시간을 나눠 마시는 순간

농남을 하니까 사람 같다 웃음 속에선 세상이 녹아내리고, 우리는
나쁘게 좀더 헤프게

일어날 수 없는 일이 농담처럼 벌어질 때까지, 저녁은 저녁의 빛으
로 물들고 겨울은 겨울의 체온으로 젖을 때까지

입을 가리고 웃는다, 방금 또 스쳐갔다

[#] 이현호

열린 길의 노래

두 발로 마음 가벼이 나는 열린 길로 나선다.
건강하고 자유롭게, 세상을 앞에 두니
어딜 가든 긴 갈색 길이 내 앞에 뻗어 있다.

더 이상 난 행운을 찾지 않으리, 내 자신이 행운이므로.
더 이상 우는 소리를 내지 않고, 미루지 않고, 요구하지 않고,

방 안의 불평도, 도서관도, 시비조의 비평도 집어치우련다.
기운차고 만족스레 나는 열린 길로 여행한다.

대지, 그것이면 족하다.
별자리가 더 가까울 필요도 없다.

다들 제자리에 잘 있으리라.
그것들은 원하는 사람들에게 소용되면 그뿐 아니랴.

하지만 난 즐거운 내 옛 짐을 마다하지 않는다.
난 그들을 지고 간다, 남자와 여자를, 그들을 어딜 가든 지고 간다.

그 짐들을 벗어 버릴 수는 없으리.
나는 그들로 채워져 있기에, 나도 그들을 채운다.

월트 휘트먼

내 안에 들어온 사랑

내 안에 들어와 내 마음을 휘어잡는 사랑
휘어잡힌 내 가슴 가운데 자리를 잡고서
싸울 때 사용한 무기를 그대로 갖추고
가끔씩 내 얼굴에 자신의 깃발을 세운다.
하지만 사랑과 고통을 알려 준 그녀는
내 안의 불안한 기대와 뜨거운 욕망을
차가운 표정을 지으며 식히고 누르며
미소 띤 모습을 곧바로 분노로 바꾼다.
그러자 겁먹은 사랑은 재빨리 달아나
가슴에 숨어서 한없이 탄식만 내뱉고
결심을 버린 채 얼굴도 내밀지 못한다.
그녀가 함부로 대해 나는 괴로워도
주인을 떠나진 않으리.
사랑으로 끝나는 죽음은 달콤하리.

프란체스코 페트라르카

삶이 전부인 사랑

방에서 방으로
나는 집을 샅샅이 뒤지고 다닌다,
우리가 함께 사는 집을.
가슴아, 조금도 두려워 마, 네가 그녀를 찾고 말 테니
이번엔, 그녀 자신을 그녀 뒤에 숨은 걱정거리가 아니라
커튼에 남아 있는, 잠자리의 향기를!
그녀가 스치고 지나갈 때, 화환 장식이 새로 꽃을 피웠고,
거울도 그녀의 살랑대는 깃털 장식을 보고 반짝거렸지.

하루도 서서히 지나가고,
문에 또 문이 나타난다.
나는 새로운 운을 시험해 본다.
양쪽 벽에서 중앙까지 넓은 집을 들추고 다닌다.
그래도 결과는 마찬가지! 나는 들어가고 그녀는 나온다.
나의 온 하루를 탐색에 보낸다, 알게 뭐야?
그런데 벌써 황혼이다, 탐험할 방도 저리 많고,
뒤질 벽장도 저리 많고, 들쑤셔 볼 골방도 저리 많은데!

로버트 브라우닝

흐르는 강물처럼

물을 움켜쥐고 싶었니? 물고기를 움켜쥐고 싶었니? 왼손도 오른손도 할 수 없는 일이 얼마나 많은지. 물이 뚝뚝 떨어져서 빈손임을 알릴 때.

손이 할 수 없는 일에 대한 목록을 손으로 쓰거나 손으로 꼽는다. 열 손가락으로 모자랄 때 그중에서 몇 개는 잊어버리기 십상이다. 너의 손가락과 나의 손가락을 더하면 스무 개. 그러면 몇 개를 더 잊어버리겠지. 이런, 이러다간 다 까먹고 멍청이가 되고 말겠다.

우리는 강물에 손을 담그고 무엇을 원하는지 생각한다. 강물은 흐르고 손은 흐르지 않는다. 강물과 같은 것은 무엇일까. 지금은 나란히 나란히 물의 건반을 두드리는 우리의 손같이 희미한 것들은 무엇, 무엇일까.

\# 김행숙

쿠이 보노

희망이란 무엇일까? 미소 짓는 무지개
아이들이 빗속에서 따라가는 것.
눈앞에 있지 않고 자꾸자꾸 멀리 가서
그걸 찾은 개구쟁이는 없다.

삶이란 무엇일까? 녹고 있는 얼음판
햇볕 따스한 해변에 떠 있는 것.
신 나게 타고 가지만 아래서부터 녹아들어
우리는 가라앉고, 보이지 않게 된다.

인간이란 무엇일까? 어리석은 아기
헛되이 노력하고 싸우고 안달하고
아무런 자격도 없이 모든 걸 원하지만
얻는 것은 고작해야 작은 무덤 하나.

토머스 칼라일

아하, 삶은 저기 저렇게

하늘은 지붕 위로,
저렇듯 푸르고 조용한데!
지붕 위에 잎사귀,
일렁이는 종려나무.

하늘 가운데 보이는 종,
부드럽게 우는데.
나무 위에 슬피
우짖는 새 한 마리.

아하, 삶은 저기 저렇게,
단순하고 평온하게 있는 것.
시가지에서 들려오는
저 평화로운 웅성거림.

뭘 했니, 여기 이렇게 있는 너는,
울고만 있는 너는,
말해 봐, 뭘 했니? 여기 이렇게 있는 너는,
네 젊음을 가지고 뭘 했니?

폴 베를렌

우리는 음악을 만드는 사람들

우리는 음악을 만드는 사람들
꿈꾸는 몽상가,
외로운 파도를 따라 유랑하고,
쓸쓸한 시냇가에 앉은,
세상의 실패자들 세상을 등진 자들
우리를 비추는 건 창백한 달빛
하지만 우리는 영원히 세상을 움직이는 자,
뒤흔드는 자일지도 몰라.

우리는 불후의 소곡으로
세계의 위대한 도시를 세우고,
멋진 이야기로
제국의 영광을 만들어 내지
한 사람이 꿈을 들고
출정해 제왕을 정복하고
세 사람이 새로운 곡을 들고
제국을 짓밟아 넘어뜨릴 수도 있지.

우리는 오랫동안 누워
땅속 과거로 묻혀 있는
니느웨를 한숨으로 세우고,
바벨을 기쁨으로 세웠어
그러고는 새 시대 가치를 구시대에게 예언하여
그것들을 무너뜨렸지
각각의 시대는 사라져 가는 꿈이거나
태어나는 꿈이기에.

아서 윌리엄 에드가 오쇼그니시

스티븐스의 아침

차가운 겨울 아침
털모자를 쓰고
스티븐스는 자전거를 닦는다
그러니까 자전거를 닦는 일은
누군가에게는 아주 사소한 일일테지만
스티븐스에겐 가장 스티븐스다운 일이다
스티븐스는 자전거 바퀴에 달라붙은
거리의 피를 털어낸다
털모자보다 따스한 피가 반짝인다
스티븐스가 지나간다
스티븐스가 지나간 자리에
그가 닦은 자전거가 있다
아침도 먹지 않고 자전거를 닦는
스티븐스의 아침은
겨울의 바깥에서 돌아왔다
낙엽이 어슬렁거린다
스티븐스의 자전거는 한번도 쓰러진 적이 없다
그걸 이해한 자 역시 스티븐스뿐이다

김도언

일요일

별로 존경하지도 않던 어르신네가
"인생은 결국 쓸쓸한 거"라며 자리에서 일어나
밖으로 나갔다
그는 지금도 연애 때문에 운다

오베르 가는 길
여우 한 마리 죽어 있다
여우 등에 내리쬐는 그 빛에 고개 숙인다

길 건너 저녁거리와
목숨을 맞바꾼 여우

보리밭 옆 우물가
사람들은 여기서도 줄을 서 있다

마음이 뻐근하다
이제부터는 쓸쓸할 줄 뻔히 알고 살아야 한다

허연

자유

나의 메모장 위에
나의 책상과 나무 위에
모래 위에 눈 위에
나는 너의 이름을 쓴다

내가 읽은 모든 책장 위에
모든 백지 위에
돌과 피와 종이와 재 위에
나는 너의 이름을 쓴다

황금빛 조상 위에
병사들의 총칼 위에
제왕들의 왕관 위에
나는 너의 이름을 쓴다

밀림과 사막 위에
새 둥우리 위에 금작화 나무 위에
내 어린 시절 메아리 위에
나는 너의 이름을 쓴다

밤의 경이 위에
일상의 흰 빵 위에
약혼 시절 위에
나는 너의 이름을 쓴다

나의 하늘빛 옷자락 위에
태양이 시들한 연못 위에
달빛이 싱싱한 호수 위에
나는 너의 이름을 쓴다

들판 위에 지평선 위에
[illegible]
그리고 그늘진 풍차 위에
나는 너의 이름을 쓴다

새벽의 입김 위에
바다 위에 배 위에
미친 듯한 산 위에
나는 너의 이름을 쓴다

구름의 거품 위에
폭풍의 땀방울 위에
굵고 멋없는 빗방울 위에
나는 너의 이름을 쓴다

반짝이는 모든 것 위에
여러 빛깔의 종들 위에
구체적인 진실 위에
나는 너의 이름을 쓴다

살포시 깨어난 오솔길 위에
곧게 뻗은 큰길 위에
넘치는 광장 위에
나는 너의 이름을 쓴다

불 켜진 램프 위에
불 꺼진 램프 위에
모여 앉은 나의 가족들 위에
나는 너의 이름을 쓴다

둘로 쪼갠 과일 위에
거울과 나의 방 위에
빈 조개껍질 내 침대 위에
나는 너의 이름을 쓴다

게걸스럽고 귀여운 나의 강아지 위에
그의 곤두선 양쪽 귀 위에
그의 뒤뚱거리는 발걸음 위에
나는 너의 이름을 쓴다

내 문의 발판 위에
낯익은 물건 위에
축복된 불길 위에
나는 너의 이름을 쓴다

균형 잡힌 모든 육체 위에
내 친구들의 이마 위에
건네는 모든 손길 위에
나는 너의 이름을 쓴다

놀라운 소식이 담긴 창가에
긴장된 입술 위에
침묵을 초월한 곳에
나는 너의 이름을 쓴다

파괴된 내 안식처 위에
무너진 내 등대 불 위에
내 권태의 벽 위에
나는 너의 이름을 쓴다

욕망 없는 부재 위에
벌거벗은 고독 위에
죽음의 계단 위에
나는 너의 이름을 쓴다

회복된 건강 위에
사라진 위험 위에
죽어 버린 희망 위에
나는 너의 이름을 쓴다

그 한마디 말의 힘으로
나는 내 일생을 다시 시작한다
나는 태어났다 너를 알기 위해서
너의 이름을 부르기 위해서

자유여.

술패랭이꽃

네 개의 꽃잎들은
어쨌든
아슴한 부채를 펼쳐 들고
양지를 찬양하는 것이었다

한 평생 놀아버리자

이번 생은 아주 제껴버리자

아빠, 저기로도 가보자

아직도 어린 딸내미가
그의 소매를 잡아채 이끄는 것이었다

[#]이윤학

그 모든 사람을 사랑하여

사랑하는 사람에게는 사랑한다고 말하지 않습니다.
왜냐하면 그건 사랑하지 않는 것이기 때문입니다.
사랑하는 사람에게 사랑한다고 말하는 것은 그 가슴속
깊은 곳에 미워하는 마음이 있기 때문입니다.
미워하는 사람에게는 미워한다고 말하지 않습니다.
왜냐하면 그건 미워하지 않는 것이기 때문입니다.
미워하는 사람에게 미워한다고 말하는 것은 그 가슴속
깊은 곳에 사랑하는 마음이 있기 때문입니다.
나는 사랑하는 사람에겐 사랑한다고 말하지 않지만
미워하는 사람에겐 미워한다고 말합니다.
그래서 내 모습이 이렇습니다.

김영승

인생의 강

우리가 살아갈수록
우리 인생의 잇닿은 계단은 더욱 짧아 보인다.
어린 시절에는 하루가 일 년처럼 보이고
일 년은 한 시대처럼 보인다.

우리 청춘 시절의 유쾌한 흐름은
아직 그 정열이 흩어지기 전에는
풀이 우거진 강기슭을 따라서
평온한 강물처럼 고요히 흐른다.

그러나 근심으로 야윈 볼이 창백해지고
슬픔의 화살이 무섭게 날아들 때
아 별들이여, 사람의 생명을 재는 그대들의
운행은 어찌 그렇듯 빠르게 보이는가?

온갖 기쁨이 그 생기와 빛을 잃고
생활 그 자체의 의미를 상실하게 될 때
그리고 죽음의 소용돌이 속에 빠져들 때
어째서 생명의 흐름을 전보다 더 빠르게
느끼는 것일까?

이상하게 생각할지 모르나
도대체 누가 시간의 움직임을 늦게 했다는 것인가?
우리 친구들이 한 사람씩 사라져 가고
우리 마음은 추억으로 심한 통증을 느끼는 때에.

하늘은 힘이 쇠잔한 노년 시절에
그 보상으로 시간의 흐름을 빠르게 하고
청춘 시절에는 그 즐거움에 맞추어
시간이 영속하는 듯이 느끼게 한다.

[#] 토머스 캠벨

사탕

인간이 한 번도 지나가지 않은 골목에서 눈사람소년이 눈사
람소녀에게 사탕을 건넨다

사탕이 다 녹으면 마치 지구도 사라질 것처럼 가만히 물고
있는 소녀

달콤하니까
잠시 잊을 수 있을 것 같다 울지 않을 수 있을 것 같다

그래도 사탕은 녹는다
캄캄한 벼랑 아래로 돌을 던져 그 깊이를 짐작하듯 사탕이
녹는 소리를 듣는 소년

달콤하니까
떨리지 않는 목소리로 이야기할 수 있겠다 희미하게 웃을
수도 있겠다

녹는다는 건 따듯한 나라에 도착했다는 뜻, 더 이상 추운
나라에서의 일은 떠올리지 않는다는 것

곧 흰색 목도리와 장갑의 촉감만 남을 텐데

녹는다
둥글고 달콤한 사탕이 눈사람소녀의 입속에서 머뭇거리지
도 않고

유병록

인생 거울

당신이 갖고 있는 최상의 것을 세상에 내놓으세요.
그러면 최상의 것이 당신에게 돌아올 겁니다.
사랑을 주세요, 그러면 당신 삶에 사랑이 넘쳐흐르고
당신이 심히 가난할 때 힘이 될 거예요.
믿음을 가지세요, 그러면 수많은 사람들이
당신의 말과 행동에 믿음을 보일 겁니다.
왜냐하면 인생은 왕과 노예의 거울이고,
우리의 모습과 행동을 그대로 보여 주는 법.
그러니 당신이 세상에 최상의 것을 내놓으면
최상의 것이 당신에게 돌아올 겁니다.

매들린 브리지스

청춘

맞아 죽고 싶습니다
푸른 사과 더미에
깔려 죽고 싶습니다

붉은 사과들이 한두 개씩
떨어집니다
가을날의 중심으로

누군가 너무 일찍 나무를 흔들어놓은 것입니다

진은영

새가 되는 법

새는 허공을 자르는 조선가위다
달의 중심을 싹둑 베고 날아가는
뾰족한 주둥이에 가을의 찬 서리가 내린다
수직의 허리를 휘어놓고
하늘을 유유히 흐르는 강물
지상의 일을 끝낸 철새들은
비행운 같은 발자국을 남기며 북으로 가고,
철새들의 행로를 더듬어 따라가다 보면
나는 슬며시 하늘에 걸린 기다란 횃대가 된다
끊임없이 수직의 벼랑을 허물어
수평의 땅을 일으켜 세우는
새의 발가락,
하늘 한복판 가로세로 균형을 맞추는 수평자에
눈금 한 점씩 찍으며
끼룩끼룩 조선가위 날아간다

최호일

부귀영화를 가볍게 여기네

부귀영화를 난 가볍게 여기네.
사랑도 까짓것, 웃어넘기네.
명예욕도 아침이 오면
사라지는 한때의 꿈이었다네.

내가 기도한다면, 내 입술을 움직이는
단 한 가지 기도는
"제 마음 지금 그대로 두시고
저에게 자유를 주소서!"

그렇다, 화살 같은 삶이 사라질 때
내가 바라는 것은 오직 하나.
삶에도 죽음에도 인내할 용기 있는
자유로운 영혼이 되기를.

에밀리 브론테

내일, 내일만은!

지나가 버린 거의 모든 하루하루가 왜 이다지도 공허하고
무기력하고 무의미한 것일까!

그가 남긴 발자취는 왜 이다지도 초라할까!
그 한 시간 한 시간이 얼마나
헛되이 지나가 버렸는가!

그런데도 사랑은 살기를 원한다. 삶을 소중히 여기며, 삶에,
자기 자신에, 미래에 희망을 건다…

오오, 그는 어떠한 행복을 미래에 기대할까!
그러나 왜 인간은 앞으로 다가올 날들이
방금 지나가 버린 날들과
다르리라 상상하는 것일까?

그렇다, 인간은 그런 것을 상상하지 않는다.

인간은 원래 사고하기를 좋아하지 않는다…
그것은 잘하는 일이다.

"자, 내일은, 내일만은!" 하고 인간은 자기 자신을 위로한다.
'내일'이 그를 무덤으로 데려다 줄 그날까지.

그리고… 일단 무덤에 눕고 나면
하는 수 없이 사고도 끝나고 만다.

^{# 투르게네프}

다음에

그러니까 나는
다음이라는 말과 연애하였지
다음에, 라고 당신이 말할 때 바로 그 다음이
나를 먹이고 달랬지 택시를 타고 가다 잠시 만난 세상의 저녁
길가 백반집에선 청국장 끓는 냄새가 감노랗게 번져 나와 찬
목구멍을 적시고
다음에는 우리 저 집에 들어 함께 밥을 먹자고
함께 밥을 먹고 엉금엉금 푸성귀 돋아나는 들길을 걸어 보자고
다음에는 꼭
당신이 말할 때 갓 지은 밥에 청국장 듬쑥한 한술 무연히 다가와
낮고 낮은 밥상을 차렸지 문 앞에 엉거주춤히 선 나를 끌어다
앉혔지
당신은 택시를 타고 어디론가 바삐 멀어지는데
나는 그 자리 그대로 앉아 밥을 뜨고 국을 푸느라
길을 헤매곤 하였지 그럴 때마다 늘 다음이 와서 나를
데리고 갔지 당신보다 먼저 다음이
기약을 모르는 우리의 다음이
자꾸만 당신에게로 나를 데리고 갔지

\# 박소란

굴하지 않는다

온 세상이 지옥처럼 캄캄하게
나를 엄습하는 밤에
나는 그 어떤 신이든, 신에게 감사한다.
내게 굴하지 않는 영혼 주셨음을.

생활의 그악스러운 손아귀에서도
난 신음하거나 소리 내어 울지 않았다.
우연의 몽둥이에 두들겨 맞아
머리에서 피가 흘러도 고개 숙이지 않는다.

천국의 문이 아무리 좁아도,
저승의 명부가 형벌로 가득 찼대도
나는 내 운명의 지배자요,
내 영혼의 선장임을.

\# 윌리엄 어네스트 헨리

누구나 살아서 할 일은 있다

언덕 위의 소나무가 될 수 없다면
골짜기의 떨기나무가 되어라. 그러나
시냇가의 제일 좋은 떨기나무가 되어라.
나무가 될 수 없다면 덤불이 되어라.

덤불이 될 수 없다면 한 포기 풀이 되어라.
그래서 어떤 고속도로든 더욱 즐겁게 만들어라.
모두가 다 선장이 될 수는 없는 법, 선원도 있어야 한다.
누구나 살아서 할 일은 있다.

고속도로가 될 수 없다면 오솔길이 되어라.
태양이 될 수 없다면 별이 되어라.
네가 이기고 지는 것은 크기에 달려 있지 않다.
무엇이 되든 최고가 되어라!

더글러스 맬록

싸움 뒤

외톨이가 되었다.
외톨이가 되었다.
멍석 위는 쓸쓸해.

난 몰라
그 애가 먼저야.
하지만 하지만, 쓸쓸해.

인형도
외톨이가 되었다.
인형을 끌어안아도, 쓸쓸해.

살구꽃이
폴폴 포르르
멍석 위는 쓸쓸해.

가네코 미스즈

꽃잠

어미 소는 막 태어난
새끼를 핥고 있었다
먼지처럼 흩어지는
햇빛 속에
누워
잠에 빠진
송아지
혓바닥으로
핥아주면
마당을 어슬렁거리는
구름 아래
누워
일어나지 않는
송아지
혀에서
붉은 꽃 필 때까지

어미 소는
죽은 새끼를
핥고 있었다

김성규

서로 안에

사랑에 처음 눈뜨던 순간
나는 그대를 찾기 시작했다. 그것이
얼마나 눈먼 짓인지 모르고서

사랑하는 이들은 끝내 어디서도 만나지 않는다
늘 서로 안에 있으므로

잘랄 앗딘 알 루미

무언극

한 이불을 덮고 서로 당기는
가난한 형제들처럼
우리는 지상의 따뜻한 불꽃들을
이리 옮겼다가 저리 옮겼다가

우리는 눈에 보이는
것으로 살아가는 사람들
난 세상 속에서 내 안을 헤맨다

모두가 아는 이야기인데
낯선 장면 하나가 남은 듯이
우리는 허둥대면서
깨어나기 아쉬운 꿈속처럼

조원규

진상에게 드림

장안에 한 젊은이 있어
나이 스물에 마음은 벌써 늙어 버렸네
능가경은 책상머리에 쌓아 두고
초사도 손에서 놓지 못하네
곤궁하고 못난 인생
해 질 녘이면 애오라지 술잔만 기울이네
지금 길이 이미 막혔는데
백발까지 기다려 본들 무엇하리
쓸쓸하구나, 진상이여!
베옷 입고 김매며 제사의 예를 익히고
오묘한 요순의 글을 배웠거늘
사람들은 낡은 문장이라 나무라네
사립문엔 수레바퀴 자국 얼어붙고
해 기울면 느릅나무 그림자만 앙상한데
이 황혼에 그대가 날 찾아왔으니
곧은 절개 지키려다 젊음이 주름지겠네
오천 길 태화산처럼
땅을 가르고 우뚝 솟은 그대
주변에 겨눌 만한 것 하나 없이
단번에 치솟아 견우성과 북두칠성을 찌르거늘

벼슬아치들이 그대를 말하지 않아도
어찌 내 입까지 막을 수 있으리
나도 태화산 같은 그대를 본받아
책상다리하고 앉아 한낮을 바라보네
서리 맞으면 잡목 되고 말지만
때를 만나면 봄버들 되는 것을,
예절은 내게서 멀어져만 가고
초췌하기가 비루먹은 개와 같네
눈보라 치는 재단을 지키면서
검은 끈에 관인을 차고 있다 하나
노비 같은 기색과 태도로
다만 먼지 털고 비질만 할 뿐이네
하늘의 눈은 언제 열려
옛 검 한번 크게 울어 볼 것인지

[#] 이하

미완성의 시

나는 말의 위력과 말의 예언력을 안다
극장의 특등석을 박수 소리로 뒤흔드는 그런 말이 아니라
시체를 담은 관까지도 흔들흔들 일어나
참나무 다리로 걸어가게 만드는 그런 말
간혹 인쇄도 안 해 주고 출판도 안 해 주지만
말은 허리띠를 졸라매고 미친 듯이 달려간다
수세기 동안 울려 퍼진다 그리하여 시의
굳은살 박힌 손을 핥으려고 기차가 기어 온다
나는 말의 위력을 안다 댄서의 구두에 밟힌
꽃잎처럼 하찮게 보일지라도
인간은 영혼과 입술과 뼈로 살아 있다.

[#] 블라디미르 마야콥스키

그만큼

비 그치고 돌멩이 들어내자
돌멩이 생김새만 한 마른자리가 생긴다.
내가 서 있던 자리에는 내 발 크기가 비어 있다.
내가 크다고 생각했는데 내 키는 다 젖었고
걸어온 자리만큼 말라가고 있다.
누가 나를 순하다하나 그것은 거친 것들 다 젖은 후
마른 자국만 본 것이다.
후박나무 잎은 후박나무 잎만큼 젖고
양귀비 꽃은 양귀비 꽃만큼 젖어서 후생이 생겨난다.
여름비는 풍성하여 다 적실 것 같은데
누운 자리를 남긴다.
그것이 살아가는 자리이고
다시 살아도 꼭 그만큼은 빈다.
그 크기가 무덤보다 작아서 비에 젖어 파랗다.
더 크게 걸어도
더 많이 걸어도
꼭 그만큼이라는데
앞서 빠르게 걸어온 자리가
그대에게 먼저 젖는다.

\# 문정영

파랑

아득한 저 꼭대기의 파랑
그곳을 향해 생각은 나르고,
아침의 고즈넉한 파랑
수많은 걸 보여 주는 색.

파란 하늘이 뿜어내는 파랑
나를 달래 주는 이 큰 바다 파랑
바닷속을 거닐며 보게 되는
돛단배 날개의 헛된 환영.

4월 달 풍광의 파랑
내면의 권태를 재우지 못하는
서정적 꿈의 서글픈 파랑.

내 눈을 다시 볼 수 없는
저 파란 눈에 입 맞추고픈
괴로운 열망에 고통스런 파랑.

\# 쿠르스 마리아 살메론 아코스타

구름의 소비자

어제의 소비자로서 오늘은 구름을 팔고
구름의 음악을 구입하기 위해 개처럼 일을 하고
내일은 구름의 금치산자로서 나날이
소모하는 구름이 줄어들었다
생활필수품답게 구름은 영원을 모른다
지구에 도달한 뒤 사라진 햇빛들의 수집가
구름을 훔치는 사람의 고독
구름의 무수한 작명가들
꿈에서 구름을 본 적이 없다
구름은 비가 내릴 때도
눈이 내릴 때도 필요하다
우산을 쓰고도 자꾸 무언가가 필요해져서
구름처럼 흘러다녔다

이장욱

노래

숨을 뱉다 말고 오래 쉬다 보면 몸 안의 푸른 공기가 보여요
가끔씩 죽음이 물컹하게 씹힐 때도 있어요
술 담배를 끊으려고 마세요
오염투성이 삶을 그대로 뱉으면 전깃줄과 대화할 수도 있어요
당신이 뜯어먹은 책들이 뻗어갈지도 몰라요
아, 사랑에 빠지셨다구요?
그렇다면 더더욱 살려고 하지 마세요
숨이 턱턱 막히고 괄약근이 딴딴해지는 건
당신의 사랑이 몸 안에서 늙은 기생충을 잡아먹고 있기
때문이에요
그저 깃발처럼,
바람 없이도 저 혼자 춤추는 무국적의 백기처럼,
그럼요 그저 쉬세요 즐거워 죽을 수 있도록

강정

134

지구를 지켜라

엄마, 왜 여태 일기를 쓰고 있나요
오늘도 온종일 집에만 있었잖아요

누나, 구인광고 좀 그만 들여다봐
사람을 구한다잖아. 사람을!

당신, 가발 좀 항상 쓰고 있어요
이미 집 안은 충분히 밝다고요

할머니, 묵상 좀 그만하실 수 없어요?
어차피 눈 떠도 캄캄하긴 매한가지잖아요

며늘애야. 이 마당에 소고기나 굽는 게 말이 되니
돈 안 들이고 미치는 방법도 많이 있단다

여보, 문에 자물통 좀 그만 채워요
내 미모를 탐낼 사람은 이제 아무도 없다니까요

아들아, 뭔 놈의 지구를 지킨다고 그리도 호들갑이니
설거짓감이 저렇게 산더미처럼 쌓여 있는데

오은

사랑에 빠질수록 혼자가 되라

사랑에 빠진 사람은
혼자 지내는 데 익숙해야 하네.
사랑이라고 불리는 그것
두 사람의 것이라고 보이는 그것은 사실
홀로 따로따로 있어야만 비로소 충분히 전개되어
마침내는 완성되는 거라서.
사랑이 오직 자기 감정 속에 든 사람은
사랑이 자기를 연마하는 나날이 되네.
서로에게 부담스런 짐이 되지 않으며
그 거리에서 끊임없이 자유로울 수 있는 것.
사랑에 빠질수록 혼자가 되라.
두 사람이 겪으려 하지 말고
오로지 혼자가 되라.

\# 라이너 마리아 릴케

완다와 폭설

몇 년 전, 타일러스벽 근처 노천광에서 일했었거든.
하루는 눈이 오기 시작하더니 두 시경엔 세 자가 내린 거야.
"집엘 가겠습니다."라고 십장에게 말했지.
십장이 "다섯 시까지 기다리지 않겠어?" 하더군.
"집에 가서 소들을 돌봐야 해요." 하고 둘러댔지.
완다가 어찌해서 집에 와 있는지는 말하지 않았어.
네 시쯤 집에 다다랐는데 그간 눈은
한 자는 더 내렸고 그러고도 또 내리고 또 내렸어.
완다와 나는 삼 일간 아무도 만나지 못했지.
눈 더미 속에 굴을 뚫고 가시철사 담을 넘어 다니며
눈을 녹이는 심장 소리에 얼마나 웃어 댔던지.
음식이 동나 버리자 소를 잡을까 생각했었지.
그때 그만 날이 개이고 사과알같이 달콤한 달이 떠올랐어.
다음 날 아침 제설차가 도착했는데, 슬프더군.
요즘은 눈이 그렇게 오지 않아. 다 그런 거지 뭐.

폴 짐머

등을 떠미는 일
— 2015 봄

실업하고 서로 오래도록 등지고 살다가
정말 슬펐을 때 우리는 등을 맞대고 울었다.
등으로 서로에게 슬픔을 타전했다.
등이 빈 노트의 표지라도 되는 것처럼.

교실을 나가다 뒤돌아보니
흑판처럼 어두운 등에 낙서가 되어 있다.
교복과 책상과 우리 아이들을 이루던 것들을
네 속에 차곡차곡 넣고 닫은 뚜껑 같은 등.
등을 여는 것은 무심한 낙서 속에 담긴
비밀을 캐는 것.

등은 떠밀기가 좋다.
가슴을 떠미는 것과 달리 등을 떠미는 건
내 곁이 아닌 더 좋은 곳으로 가라는 것.
밀면서 끌어안는 것이 등을 떠미는 일.

김중일

낙법

굽은 등을 둘둘 말아…
바닥을 둥글게 안고 싶어라
고양이는 높은 곳에서 떨어져도 죽지 않겠지?
주름이 뭉친 자리
줄무늬 고양이가 털을 핥고
나이가 짐승이니 짐승이 세월이니
담을 쌓으며 담을 오르는데
아아, 왜 오르지도 않았는데 무릎이 먼저 녹는 걸까
입가에 흘러내리는 흰죽
왠지 썩는 냄새가 가장 안전한 낙법 같고

황종권

등대가 되고 싶어요

등대가 되고 싶어요.
깨끗이 닦아 하얀 칠을 한
등대가 되고 싶어요.
밤새 깨어서
내 구역을 항해하는
모든 걸 지켜보고
온갖 배들이 나를 바라보는
등대가 되고 싶어요.

\# 레이첼 리먼 필드

아주 멋진 것을 팔아요

삶은 아주 멋진 것들을 팔아요,
한결같이 아름답고 훌륭한 것들을.
벼랑에 하얗게 부서지는 푸른 파도
잔처럼 경이로움을 가득 담고
바라보는 아이들의 얼굴.
금빛으로 휘어지는 음악 소리
비에 젖은 솔 내음
당신을 사랑하는 눈매, 보듬어 안는 팔,
전 재산을 털어 아름다움을 사세요.
사고 나서는 값을 따지지 마세요.
한순간의 기쁨을 위해
당신의 모든 것을 바치세요.

새러 티즈데일

엔진

142

살아남기 위해
우리는 피를 흘리고
귀여워지려고 해
최대한 귀엽고
무능력해지려고 해

인도와 차도를 구분하지 않고
달려보려고 해
연통처럼 굴뚝처럼
늘어나는 감정을 위해

살아남기 위해
최대한 울어보려고 해
우리는 젖은 얼굴을
찰싹 때리며
강해지려고 해

이근화

재단사

이끼 낀 안개 한 자락을 걷어다 스카프를 만들고 있습니다
세상 가장 먼 곳에서 앉은뱅이 재봉틀 앞에 앉아
온갖 무늬들을 떠올리면서
두 손은 힘차게 계곡을 흘러가고 있습니다
코끼리가 그의 손을 이끌고 구름 속으로 가고 있습니다
비에 젖은 골목 가판대에 보석이 주렁주렁 달린 가방을
하나 걸어놓았습니다

김태형

소리없이 웃는 법

당신에게서 참 좋은 냄새가 나
빵 굽는 마을에서는 빵을 굽고
모카에서는 커피를 볶지
아카시아 그늘도 하얗게 엉켜 있어
당신은 웃고 있군
당신의 잇바디가 가지런하진 않아
봄날 줄맞추며 소란 떠는
은혜 유치원생들 같아
들쭉날쭉한 웃음이군
이런 날엔 화단에 나와 앉은 노인들
이마의 주름도 악보로 보여
펜을 들고 나서고 싶네
당신은 식빵 하나와 크림빵 둘 그리고
방금 갈아 봉지에 담은
커피를 들고 있군

어제 구운 빵은 덤으로 받았군
당신에게서 나온 좋은 냄새가
문 앞까지 총총히 당신을 따라왔군
당신이 들어가고
당신의 아이와 당신의
남자가 들어가고
당신은 문을 닫을 테지
빵 굽는 마을에서는 빵을 굽고
모카에서는 커피를 내오지
아카시아가 당신 있는 거기서 이곳까지
그늘을 늘이고 있어
여전히, 당신은 웃고 있군

권혁웅

백 년 동안의 이별

보리밭 위로 바람이 저만치 간다
떠나는 자의 모습이다

아주 가는가 했더니, 가서는
오지 않는가 했더니

멀어진 바람이 다시 눈앞이다
눈앞에서 발걸음을 떼고 있다

무슨 독한 마음을 품었는지 잠잠하다가도
가서는 되돌아오고, 되돌아오길 왼종일

떨어지지 않는 발걸음으로 저만치 간다
이 이별의 모습이 좋아 보리 곁에 선다

다시는 오지 않는 사람 이미
곁에 와 있는 줄도 모른다고

\# 손택수

나도 모른 너의 슬픔

그리운 얼굴은 날려 버리고
미련의 뿌리는 죄다 흔들어 버리고
하늘엔 울지 않으려고 흰 왜가리가 날았다

겨울 한파는 모두 너의 방으로 불어닥쳐도
너는 얼어 죽지 않았고
동쪽에서 서쪽으로 가는 동안 너는 늙지 않았고
마약은 하지 않아도
마약이란 말만 들어도 마취되어 슬픔을 잊었다

영화 〈브리짓 존스의 일기〉를 보며
한물 간 청춘이 어떻게 다시 돌아오는지 즐기고 즐겼다
전등도 음악도 끄고 모든 기대도 껐지만
목숨은 끊지 않았다

너는 죽어서 왜가리가 되기보다
독하게 살아 너 없으면 못살
중증 애정결핍증 환자의 연인이 되기로 했다

신현림

시를 쓴 이

가네코 미스즈

1903~1930. 일본의 시인. 1923년 《동요》, 《부인구락부》 등의 잡지로 데뷔한 후 '풍어', '장례식 날' 등 많은 작품을 발표했고 1926년 집안에서 정한 남자와 결혼하여 딸을 낳았으나 남편과의 불화와 병으로 괴로워하다 1930년 스물여섯이라는 젊은 나이에 생을 마감했다.

강정

1971~. 부산에서 태어났다. 1992년 《현대시세계》로 등단했다. 2006년 초부터 록밴드의 리드 보컬로도 활동하고 있다. 시집 《처형극장》, 《들려주려니 말이라 했지만,》 등 여러 저서를 펴냈다.

고영

1966~. 안양에서 태어나 부산에서 성장했다. 2003년 《현대시》로 등단했으며 시집으로 《산복도로에 쪽배가 떴다》, 《너라는 벼락을 맞았다》 등이 있다. 현재 계간 《시인동네》 발행인을 맡고 있다.

권대웅

1962~. 서울에서 태어났다. 1987년 《시운동》으로 등단했으며 1988년 《조선일보》 신춘문예에 '양수리에서'가 당선되었다. 시집 《조금 쓸쓸했던 생의 한때》와 장편 동화 《마리 이야기》, 산문집 《하루》, 《당신이 별입니다》 등이 있다.

권혁웅

1967~. 충북 충주에서 태어났다. 1996년 《중앙일보》 신춘문예에 평론이, 1997년 《문예중앙》 신인문학상에 시가 당선되어 작품 활동을 시작했다. 시집으로 《황금나무 아래서》, 《마징가 계보학》, 《그 얼굴에 입술을 대다》, 《소문들》이 있다.

김도언

1972~. 충남 금산에서 태어났다. 1999년 《한국일보》 신춘문예로 데뷔했다. 저서로는 소설 《철제 계단이 있는 천변풍경》, 《악취미들》, 《랑의 사태》 등과 장편 소설 《이토록 사소한 멜랑꼴리》, 《꺼져라 비둘기》 등과 경장편 소설 《미치지 않고서야》 등이 있다. 2012년 《시인세계》 신인상을 통해 시인으로 등단했다.

김사인

1955~. 충북 보은에서 태어났다. 1982년 동인지 《시와 경제》의 창간 동인으로 참여하며 시 쓰기를 시작했고, 시집으로 《밤에 쓰는 편지》, 《가만히 좋아하는》이 있다.

김성규

1977~. 충북 옥천에서 태어났다. 2004년 《동아일보》 신춘문예에 '독산동 반지하동굴 유적지'가 당선되어 등단했다. 시집 《너는 잘못 날아왔다》, 《천국은 언제쯤 망가진 자들을 수거해가나》가 있다.

김영산

1964~. 전남 나주에서 태어났다. 1990년 《창작과 비평》 겨울호로 등단했다. 시집 《冬至》, 《평일》, 《벽화》, 《게임광》, 《하얀별》 등이 있다.

김영승

1958~. 인천에서 태어났다. 1986년 《세계의 문학》으로 등단했다. 시집으로 《반성》, 《車에 실려가는 車》, 《취객의 꿈》, 《아름다운 폐인》, 《몸 하나의 사랑》, 《권태》, 《무소유보다도 찬란한 극빈》, 《화창》, 산문집 《오늘 하루의 죽음》 등이 있다.

김중일

1977~. 서울에서 태어났다. 2002년 《동아일보》 신춘문예에 당선되며 작품 활동을 시작했다. 시집으로 《국경꽃집》, 《아무튼 씨 미안해요》, 《내가 살아 갈 사람》이 있다.

김진경

1953~. 동화 작가, 시인. 양정고등학교 교사로 일했다. 1974년 《한국문학》 신인상에 '5월시' 동인으로 활동했다. 주요 저서로는 시집 《갈문리의 아이들》, 《광화문을 지나며》, 《우리 시대의 예수》, 장편 소설 《이리》 외에 다수가 있다.

김태형

1971~. 서울에서 태어났다. 1992년 《현대시세계》에 시가 당선되어 작품 활동을 시작했다. 시집 《로큰롤 헤븐》, 《히말라야시다는 저의 괴로움과 마주한다》, 《코끼리 주파수》, 《고백이라는 장르》 시선집 《염소와 나와 구름의 문장》, 《이름이 없는 너를 부를 수 없는 나는》, 《아름다움에 병든 자》 등이 있다.

김행숙

1970~. 서울에서 태어났다. 1999년 《현대문학》으로 등단해서 시집 《사춘기》, 《이별의 능력》, 《타인의 의미》를 냈다. 그 밖에 《문학이란 무엇이었는가》, 《창조와 폐허를 가로지르다》, 《마주침의 발명》, 《에로스와 아우라》 등이 있다.

더글러스 맬록

1877~1938. 미국의 명상 시인이자 칼럼니스트. 특히 자연이나 환경 보존에 관한 시를 썼으며, '만족의 철학'을 실현하며 평화로운 삶을 추구했다. '생명에 관한 서정시' 등을 발표했다.

도로시 파커

1893~1967. 미국의 단편 소설가이자 시인. 위트에 가득 찬 시와 소설로 이름을 떨쳤다. 잡지《베니티 페어》에서 드라마 비평가로 활약하다 신랄한 독설로 쫓겨난 뒤 주로 자유 기고가로 활동했다. 1926년에 출간한 첫 시집《충분한 밧줄》은 단기간에 베스트셀러가 되었다. 그 밖의 시집으로《선셋 건》,《데스 앤드 텍사스》등이 있다.

도연명

365~427. 중국의 고전 시가를 대표하는 시인. 29세에 관리 생활을 시작해 41세에 사직한 뒤 두 번 다시 벼슬길에 나가지 않았다. 63세로 세상을 마칠 때까지 고향에서 23년간 자연과 함께하며 '전원시인'이라는 평에 걸맞는 문학을 창작했다. 왕조가 바뀌는 혼란한 시대를 살며 시와 글을 통해 경박한 세태를 비판했다.

라이너 마리아 릴케

1875~1926. 독일의 시인. 1902년 8월 조각가 로댕의 비서가 되어 한집에 기거했다. 덕분에 로댕 예술의 진수를 접했고 자신의 예술 세계에 커다란 영향을 받았다.《두이노의 비가》나《오르페우스에게 부치는 소네트》같은 대작을 펴냈다.

랭스턴 휴스

1902~1967. 미국 미주리주에서 태어났다. 1926년에 첫 시집《지루한 블루스》를 낸 후,《웃는 사람이 없지는 않아》라는 소설도 발표해 작가로서 성공을 거두었다. 자신의 시를 잘 낭송하는 낭송가로도 유명했다. 뉴욕 시는 그가 생전에 거주했던 동쪽 127가의 구역을 '랭스턴 휴스' 지역이란 이름으로 명명했다.

레이첼 리먼 필드

1894~1942. 뉴욕에서 태어난 미국의 소설가이자 시인, 아동문학가. 1930년에 《히티, 100년 동안의 이야기》라는 책으로 권위 있는 아동문학상인 뉴베리 메달, 1932년 《칼미아》로 뉴베리아너상, 1945년 《어린이를 위한 기도》로 칼데콧 메달을 수상했다. 저서로는 《만약 섬에서 잠을 자게 된다면》, 《아득한 옛날》 등이 있다.

로버트 브라우닝

1812~1889. 영국 빅토리아 시대의 대표적인 시인으로 극적 독백을 이용한 탁월한 심리 묘사로 이름을 떨쳤다. 대부분 극적 구성을 갖추고 있는 그의 시들은 자신의 경험이나 주관적인 감정과 사상 등을 담아내고 있다.

로버트 헤릭

1591~1674. 영국의 서정 시인. 외딴 시골 마을의 목사로 살았던 그는 감미로운 정서와 리듬 감각이 탁월한 시들을 남겼다.

리젯 우드워스 리즈

1856~1935. 미국 메릴랜드주에서 태어났다. 1873년부터 1918년까지 학교 교사로 일했다. 1920년대 저명한 문학비평가 헨리 루이스 멩켄의 극찬으로 그녀는 미국에서 중요한 '문학적 형상'이 되었다. 또한 영향력 있는 젊은 여성 시인이자, 에밀리 디킨슨과 견줄 만한 시인이라 평가받고 있다.

매들린 브리지스

1844~1920. 미국 여류 시인. 본명이 '메리 에인지 드 비어'라는 사실 외에 그녀의 삶에 대해 알려진 것은 거의 없다.

메리 헤스켈

헤스켈 여학교 교장이자 여류 시인. 레바논 출신 이민 1세 칼릴 지브란의 연인으로 유명하다. 칼릴 지브란은 10년 연상의 메리 헤스켈과의 결혼을 생각했으나 헤스켈은 이 결혼을 거절했고, 대신 지브란이 48세의 나이로 죽을 때까지 그를 재정적, 정신적으로 후원했다고 한다.

문정영

1959~. 전남 장흥에서 태어나 1997년 《월간문학》으로 등단했다. 건국대학교 영어영문학과를 졸업했으며 시집으로는 《더 이상 숨을 곳이 없다》가 있다.

문태준

1970~. 경북 김천에서 태어났다. 1994년 《문예중앙》 신인문학상에 시 '처서 (處暑)' 외 9편이 당선되어 작품 활동을 시작했다. 시집으로 《수런거리는 뒤란》, 《맨발》, 《가재미》, 《그늘의 발달》, 《먼 곳》, 《우리들의 마지막 얼굴》이 있다.

박상순

1961~. 서울에서 태어났다. 1991년 《작가세계》로 등단했고, 시집 《6은 나무 7은 돌고래》, 《마라나, 포르노 만화의 여주인공》, 《Love Adagio》 등이 있다.

박성우

1971~. 전북 정읍에서 태어났다. 2000년 《중앙일보》 신춘문예에 '거미'가 당선되어 등단했다. 시집 《거미》, 《가뜬한 잠》, 《자두나무 정류장》이 있다.

박소란

1981~. 서울에서 태어났다. 2009년 《문학수첩》을 통해 등단했다. 시집 《심장에 가까운 말》이 있다.

박후기

1968~. 경기도 평택에서 태어나 2003년 '내 가슴의 무늬' 외 6편의 시가 《작가세계》 신인상에 당선되어 작품 활동을 시작했다. 시집 《종이는 나무의 유전자를 갖고 있다》가 있다.

백석

1912~1995. 평북 정주에서 태어났다. 930년《조선일보》 신년현상문예에 단편 소설 '그 모와 아들'이 당선되었으며, 1935년 시 '정주성'을 《조선일보》에 발표하여 시인으로 등단했다. 방언을 즐겨 쓰면서도 모더니즘을 발전적으로 수용한 시들을 발표했으며, '통영', '적막강산', '북방' 등 그의 대표작들은 실향 의식을 한국 고유의 가락에 실어 노래한 향토색 짙은 서정시다. 토속적이고 민족적인 언어를 구사하는 우리나라 대표 시인으로 자리매김하고 있다.

블라디미르 마야콥스키

1893~1930. 조지아 태생. 어릴 때부터 독서를 좋아하고, 미술에 천부적인 소질을 보인 마야콥스키는 아버지가 돌아가신 후 모스크바로 옮겨 미술학교에 입학했다. 이후 볼셰비키 혁명 운동에 가담해 세 번 체포당했다. 러시아 미래파 예술운동을 추진하면서 시의 혁명과 정치사회적 혁명을 동시에 추구했다. 주요 저서로는 시집 《나》, 《바지를 입은 구름》, 《등골의 플루트》, 희곡 《빈대》, 《목욕탕》 등이 있다.

빅토르 위고

1802~1885. 브장송에서 태어났다. 1817년 아카데미 프랑세즈의 콩쿠르에서, 이어 1819년 투르즈의 아카데미 콩쿠르에서 그의 시가 입상했다. 이후 《오드, 기타》를 냈는데, 이 작품으로 루이 18세와 가까워져 연금을 받게 되었다. 이 밖에도 시집 《오드와 발라드》, 《동방시집》 등을 발표했다.

삽포

기원전 600년경의 그리스 여류 시인. 현존작품은 적지만 사랑하는 여자의 심정을 정열적으로 노래했다. 소녀들을 모아 놓고 시와 음악을 가르친 탓에 동성애라는 눈초리를 받기도 했다. 그녀는 미소년과의 실연 끝에 자살했다고 전해진다.

새러 티즈데일

1884~1933. 미국시인. 개인적인 주제로 쓴 짧은 서정시가 고전적 단순성과 차분한 강렬함으로 주목을 받았다. 특히 일상을 애수 어린 시어로 표현하는 것이 특징이다. 시집 《사랑의 노래》, 《트로이의 헬렌》, 《강에서 바다로》 등이 있다.

샤를르 보들레르

1821~1867. 프랑스의 시인. 사후 10여 년이 지나 높은 평가를 받았으며 다음 세대인 베를렌, 랭보, 말라르메 등 상징파 시인들에게 큰 영향을 주었다. 발레리는 "그보다 위대하고 재능풍부한 시인은 있겠으나, 그보다 중요한 시인은 없다."라 격찬했다. 대표작으로 《악의 꽃》이 있으며, 인간 심리를 깊이 탐구해 관능과 음악성이 넘치는 시로 표현했다.

성기완

1967~. 서울에서 태어났다. 《세계의 문학》으로 데뷔했으며, 대중음악을 연주, 작곡하면서 대중음악 평론을 잡지에 연재하는 등 문화비평가로 활동 중이다.

손택수

1970~. 전남 담양에서 태어나 부산에서 성장기를 보냈다. 지독한 향수병과 짝사랑을 앓다가 암울한 문학 소년 시절을 보내고, 1998년 《한국일보》와 《국제신문》 신춘문예에 시가 당선되면서 본격적인 작품 활동을 시작했다. 저서로는 시집 《호랑이 발자국》, 《목련 전차》, 《나무의 수사학》 등이 있다.

신카와 가즈에

1929~. 일본의 여류 시인. 파격적인 어법을 유쾌한 것으로 전복시키고, 언어 대응의 묘미를 드러내는 솜씨가 뛰어난 것으로 유명하다. 작품으로 시집 《수면의자》, 《하나의 여름, 많은 여름》, 《로마의 가을, 기타》, 《비유가 아니라》 등이 있다.

신현림

경기도 의왕에서 태어났다. 《현대시학》으로 데뷔한 후 시집 《지루한 세상에 불타는 구두를 던져라》, 《세기말 블루스》, 《해질녘에 아픈 사람》, 《침대를 타고 달렸어》를 펴냈다.

아서 윌리엄 에드가 오쇼그니시

1844~1881. 영국 시인. 런던에서 태어났다. 19세에 박물관의 파충류 학자가 되었지만 문학에 열정이 있었다. 1870년 첫 번째 시선집 《여자의 서사시》를 발표했고, 《프랑스의 민요》, 《음악과 달빛》을 출간했다. 1881년 그의 마지막 책 《노동자의 노래》는 유작으로 출간되었다.

아우렐리우스

121~180. 5현제의 마지막 로마 황제로 후기 스토아파의 철학자다. 유명한 《명상록》에 '스토아적 철인의 높은 지위와 황제의 고된 업무의 모순'에 고뇌를 담았다.

안상학

1962~. 경북 안동에서 태어났다. 1988년 《중앙일보》 신춘문예에 시 '1987년 11월의 신천'이 당선되어 등단하였다. 시집 《그대 무사한가》, 《안동소주》, 《오래된 엽서》, 《아배 생각》, 《그 사람은 돌아오고 나는 거기 없었네》 등이 있다.

알프레드 에드워드 하우스먼

1859~1936. 영국의 시인이자 고전학자. 시집 《슈롭셔의 젊은이》, 《최종시집》 등을 통해 도합 150여 편의 고전미 넘치는 서정시를 발표했다.

에드너 St. 빈센트 밀레이

1892~1950. 미국의 여류 시인. 바사대학교 시절부터 시를 쓰고 극작도 했다. 1917년 25세에 첫 시집 《부활》을 선보였고, 사후 1954년에 마지막 시집 《나의 수확》이 출간되었다. 자연과 생명의 사랑을 솔직하게 시로 엮어 많은 이들의 사랑을 받았다.

에밀리 브론테

1818~1848. 영국의 소설가이자 시인. 소설가 샬럿 브론테의 여동생이다. 1847년 그녀의 유일한 소설이자 걸작인 《폭풍의 언덕》을 출간했다. 이듬해 폐결핵으로 짧은 생을 마쳤다.

에즈라 파운드

1885~1972. 시인이자 비평가. 20세기 영미시에 끼친 지대한 영향 때문에 '시인의 시인'으로 불렸다. 그의 시작은 1909년 《사라져 버린 빛을 향하여》를 베네치아에서 출판한 이래 《가면》, 《환희》, 《즉답》, 《위장》 등을 발표했다. 가장 중요한 작업은 제1차 세계대전 중의 경험을 형상화한 《섹스투스 프로페르티우스에 대한 경의》, 《휴 셀윈 모벌리》를 출판한 것이다. 특히 '휴 셀윈 모벌리'는 20세기에 가장 큰 찬사를 받은 시 가운데 하나로 평가된다.

엘라 휠러 윌콕스

1850~1919. 미국의 여류 시인이자 작가, 저널리스트. 어렸을 때부터 대중 문학을 탐독했고, 종교적인 시집과 감상적인 이야기 시를 발표한 데 이어 에로틱한 연애 시집으로 성공을 거두었다.

오은

1982~. 2002년 봄 《현대시》로 등단했다. 시집 《호텔 타셀의 돼지들》, 로봇과 서사를 다룬 책 《너는 시방 위험한 로봇이다》, 《너랑 나랑 노랑》을 썼다.

월터 새비지 랜더

1775~1864. 영국의 시인이자 작가. 급진적인 사상과 과격한 행동 때문에 옥스퍼드대학교에서 정학을 당했다. 고전 문학에 조예가 깊었고, 낭만적인 장시와 역사극 등 대작을 남겼으나 오늘날에는 산문가로서 명성이 높다.

월트 휘트먼

1819~1892. 미국의 시인. 1855년에 《풀잎》을 자비 출판했다. 형식도 내용도 전통을 깨뜨렸다는 안 좋은 평을 받았으나, 랠프 월드 에머슨의 칭찬을 받고 용기를 되찾았다. 《민주주의의 전망》은 미국 민주주의의 3대 논문의 하나로 평가받았다.

윌리엄 버틀러 예이츠

1865~1939. 아일랜드의 국민 시인. 시집, 희곡과 산문집 등을 남겼다. 아일랜드의 전설과 민요를 작업에 수용하였다. 국립극장도 창립해 뛰어난 극작품을 발표했다. 1924년 노벨문학상을 수상했으며, 저서로는 《오이진의 방랑》, 《환상》, 《탑》 등이 있다.

윌리엄 어네스트 헨리

1849~1903. 영국의 시인이자 비평가. 유년 시절 결핵으로 한쪽 다리를 잃었고, 에든버러에서 저널리스트로 일하며 시를 썼다. S. 파머와 함께 편찬한 《속어사전》이 널리 사용된다.

윌리엄 워즈워스

1770~1850. 영국의 계관 시인. 단순하고 침착한 표현으로 자연과 인생의 내면적인 교감을 노래했던 워즈워스. 시집으로는 《소요》, 《서정가요집》, 《서곡》 등이 있다.

유병록

1982~. 충북 옥천에서 태어났다. 2010년 《동아일보》 신춘문에 당선으로 등단했다.

유홍준

1962~. 경남 산청에서 태어났다. 1998년 《시와반시》로 등단했다. 시집으로 《喪家에 모인 구두들》, 《나는, 웃는다》, 《저녁의 슬하》가 있다.

윤진화

1974~. 전남 나주에서 태어났다. 2005년 《세계일보》 신춘문예 시 부문에 '母 女의 저녁식사'가 당선되어 등단했다.

이근화

1976~. 서울에서 태어났다. 2004년 《현대문학》으로 등단해 《칸트의 동물 원》, 《우리들의 진화》, 《차가운 잠》 등의 시집을 출간했다.

이바라기 노리코

1926~. 일본의 시인. 시집 《보이지 않는 배달부》, 《자신의 감수성 정도는》과 산문집 《시의 마음을 읽음》 등이 있다.

이윤학

1965~. 충남 홍성에서 태어났다. 1990년 《한국일보》 신춘문예로 등단했다. 저서로는 시집 《먼지의 집》, 《붉은 열매를 가진 적이 있다》, 산문집 《환장》, 소설 《졸망제비꽃》, 어른들을 위한 동화 《내 새를 날려줘》, 장편 동화 《왕따》 등이 있다.

이장욱

1968~. 서울에서 태어났다. 1994년 《현대문학》에 시를 발표하면서 등단했 다. 시집 《내 잠 속의 모래산》, 《정오의 희망곡》, 평론집 《혁명과 모더니즘》, 소설 《칼로의 유쾌한 악마들》, 《고백의 제왕》 등을 펴냈다.

이재무

1958~. 충남 부여에서 태어났다. 《삶의 문학》 및 《실천문학》과 《문학과 사 회》 등을 통해 작품 활동을 시작했다. 시집 《섣달그믐》, 《온다던 사람 오지

않고〉, 《벌초》, 《몸에 피는 꽃》 등이 있다.

이하

790~816. 당나라 종실의 후예. 두보의 먼 친척이기도 하다. 그의 가장 유명한 작품은 '장진주'다. 좌절된 인생에 대한 절망감을 굴절된 표현으로 난해하다는 평을 듣지만, 특이한 매력을 지녀 애호가도 많다. 27살의 나이로 요절했다.

이현호

1983~. 충남 전의에서 태어났다. 2007년 《현대시》를 통해 등단했다. 시집으로 《라이터 좀 빌립시다》가 있다.

자끄 프레베르

1900~1977. 프랑스의 시인. 초현실주의 작가 그룹에 속해 활약했고, 문학보다 샹송과 영화에 열중하여 《파롤》, 《스펙터클》 등을 남겼고, 샹송 '낙엽'의 작사자로 유명하다.

잘랄 앗딘 알 루미

1207~1273. 이란의 시인. 페르시아 문학의 신비파를 대표한다. 1244년에 방랑자였던 노스승 샴스우딘에게 사사했고, 시를 쓰며 신비주의에 몰두했다.

장 콕토

1889~1963. 프랑스의 시인이자 소설가, 극작가. 날카로운 감성과 독자적인 고전 미학으로 시, 소설, 영화, 미술, 무용 등에서 두각을 나타냈다. 다방면에 걸친 활동을 겸하며 문단과 예술계에 물의를 일으키기도 했다. 《희망봉》, 《시집》 등이 있으며, 소설 《무서운 아이들》, 영화 〈미녀와 야수〉 등의 명작을 남겼다.

장위

당나라의 시인. 시를 잘 써 '주박'과 이름을 나란히 했다. 시에 능했지만 대부분 없어져서 2수만이 전해진다.

전동균

1962~. 경주에서 태어나 천마총 고분 마을에서 자랐다. 시집 《오래 비어 있
는 길》, 《함허동천에서 서성이다》 등을 펴냈다.

제임스 러셀 로우웰

1819~1891. 미국의 시인이자 비평가, 정치가. 뉴잉글랜드의 명문 출신으로
노예제도에 강력히 반대하고 링컨 대통령의 위대함을 최초로 인정한 사람 중
의 하나다.

조동범

1970~. 경기도 안양에서 태어났다. 2002년 문학동네 신인상으로 출발했다.
시집 《심야 배스킨라빈스 살인사건》이 있으며, 산문집 《나는 속도에 탐닉한
다》를 펴냈다.

조원규

1963~. 서울에서 태어났다. 1985년 《문학사상》으로 등단했고, 시집 《이상한
바다》, 《기둥만의 다리 위에서》, 《그리고 또 무엇을 할까》, 《아담, 다른 얼굴》
등을 펴냈다.

조지 고든 바이런

1788~1824. 영국의 낭만파 시인. 1823년 그리스 독립군을 돕다가 말라리아
에 걸려 죽기 전까지 《게으른 나날》, 《카인》, 《사르다나팔루스》, 《코린트의
포위》 등의 저서에는 비통한 서정, 날카로운 풍자, 근대적 고뇌가 담겨 있다.

진은영

1970~. 대전에서 태어나 이화여자대학교 철학과와 동 대학원을 졸업했다.
2000년 《문학과 사회》로 등단 시집 《일곱 개의 단어로 된 사전》, 《우리는 매
일매일》, 《순수이성비판, 이성을 법정에 세우다》, 《니체, 영원회귀로와 차이
의 철학》 등의 저서가 있다.

찰스 부코스키

1920~1994. 시를 쓰기 위해 대학 중퇴 후 우편배달부, 트럭 운전사, 접시 닦기, 공장 노동자 등 온갖 노동을 했다. 미국보다 유럽에서 먼저 명성을 얻었고 시집으로 《꽃》 외 수십 권이 있고 다수의 소설과 드라마를 썼다.

최현우

1989~. 서울에서 태어났다. 2014년 《조선일보》 신춘문예에 '발레니나'가 당선되어 등단하였다.

최호일

1958~. 충남 서천에서 태어났다. 2009년 《현대시학》 신인상을 통해 등단했다. 현재 잡지 자유 기고가로 활동하고 있다.

쿠르스 마리아 살메론 아코스타

1892~1929년. 베네수엘라의 시인. 나병 환자로 '천형(天刑)의 시인'으로 알려져 있다. 반정부활동으로 감옥에 있었으며, 스스로 외부와 절연하고 살았다. 사후 1952년에 그의 작품 《Fuente de Amargura》가 출판되었다.

크리스티나 로제티

1830~1894. 영국의 여류 시인. 런던에서 태어났다. 화가였던 오빠 단테이 게이브리얼 로제티가 주도한 '라파엘 전파'의 영향을 받아, 신비적이고 종교적인 분위기를 추구했다. 아름다우면서도 슬픈 시풍으로 많은 이들에게 기억되고 있다.

키타하라 하쿠슈

1885~1942. 일본의 시인. 일본 상징시에 선풍을 일으켰고, 주목받은 첫 가집 《오동나무꽃》과 시집 《바다표범과 구름》, 가집 《백남풍》과 동요집, 민요집 등 많은 저작을 남겼다.

토머스 칼라일

1795~1881. 영국의 시인이자 비평가, 역사가. 청교도 가정에서 성장했고 독일 문학과 관념론 철학을 연구했다. 반민주주의적 견해로 사상의 주류는 못 되었다.

토머스 캠벨

1777~1844. 영국의 시인. 무역 상인의 아들로 태어나 글래스고대학교에서 법률, 의학 등을 연구하고 그리스어, 라틴어를 가르쳐 생계를 유지했다. 교훈적 장편 사상시 '희망의 열락'으로 명성을 얻고, 3회 연속 출신 대학교의 명예총장에 선출되는 영광을 안았다. 특히 《호헨린덴》, 《발트해의 싸움》 등의 단시가 유명하다.

투르게네프

1818~1883. 러시아의 시인, 소설가. 전제적인 어머니 밑에서 불우한 어린 시절을 보냈다. 19세 때 첫 시집을 출간했고, 그 후 발표한 소설 《루딘》, 《귀족의 보금자리》, 《전야》 등의 작품 속에는 1830년대부터 1870년대 사이의 러시아인들의 삶을 그려냈다.

퍼시 비시 셸리

1792~1822. 영국의 시인. 주요 저서에는 16세기 로마에서 일어난 근친상간과 살인 사건을 소재로 한 시극 대작 《첸치 일가》와 대표작 《사슬에서 풀린 프로메테우스》 등이 있다. 작품이나 생애가 압제와 인습에 대한 반항, 이상주의적인 사랑과 자유의 동경으로 일관해 바이런과 함께 낭만주의 시대의 가장 인기 있는 작가였다.

페데리코 가르시아 로르카

1898~1936. 스페인의 시인. 예술 전반에 걸쳐 다양한 활동으로 국제적인 명성을 얻었다. 저서 《깊은 노래의 시》, 《집시 민요집》, 《피의 혼례》 등이 있다.

폴 베를렌

1844~1896. 프랑스의 시인. 랭보의 연인이었다. 저서로는 《좋은 노래》, 《말 없는 연가》, 《예지》 등이 있다. 세기말 대표 시인으로 숭앙되고 낭만파나 고답파에서 탈피, 음악을 중시하고, 다채로운 기교를 구사했다.

폴 엘뤼아르

1895~1952. 프랑스의 시인. 다다이즘 운동에 참여하며 초현실주의의 대표적 시인으로 활약했다. 그는 '시인은 영감을 받는 자가 아니라 영감을 주는 자'라고 생각했다. 시 '자유'는 프랑스 저항시의 백미로 알려져 있다.

폴 짐머

1934~. 미국의 시인. 세 개의 대학출판사(피츠버그, 아이오와, 조오지아)의 시선집 시리즈를 편집해왔다. 은퇴 후에는 위스콘신 주의 농장에서 지내고 있다.

프란시스 W. 부르디옹

1852~1921. 영국의 시인. '밤은 천개의 눈을 지니고 있다'는 시로 명성을 얻었다. 생전에 다수의 시와 소설을 썼고, 번역가로도 활동했다.

프란시스 잠

1868~1938. 프랑스의 시인. 일생의 대부분을 자연 속에 파묻혀 지내며 상징주의 말기의 퇴폐적 경향에 맞서 독자적인 경지를 열었다. 주요 시집으로는 《새벽 종으로부터 저녁 종까지》, 《하늘의 빈터》 등과 아름다운 목가 소설 《클라라 델레뵈즈》가 있다.

프란체스코 페트라르카

1304~1374. 단테, 보카치오와 더불어 이탈리아의 3대 시인이다. 법학을 공부한 그는 1327년 성 키아라 교회에서 '라우라'를 만나 연애시를 쓰기 시작하면서 평생 그녀의 모습을 노래했다.

하인리히 하이네

1797~1856. 독일의 시인. 상인 집안의 아들로 태어났다. 은행 견습생을 거쳐 대학교에서 법학을 공부했고, 견습생 시절부터 여러 잡지에 시를 발표했다. '밤의 생각들'과 이듬해인 1844년에 쓴 운문 서사시 '독일. 겨울동화'가 유명하다.

하킴

하킴은 방글라데시에서 온 이주노동자다. 그는 인도네시아에서 온 같은 처지의 여성과 사랑했으나 그 사랑은 단속과 추방으로 깨져 버렸다고 한다.

허연

1966~. 서울에서 태어났다. 1991년 《현대시세계》로 등단했다. 시집 《불온한 검은 피》, 《나쁜 소년이 서 있다》, 《내가 원하는 천사》, 산문집 《그 남자의 비블리오필리》, 《고전탐닉》 등이 있다.

헨리 워즈워스 롱펠로우

1807~1882. 미국의 시인. 18년간 하버드대학교 교수로 있었으며 당시 큰 대중적 인기를 누렸다. 특히 유럽 각국의 민요를 번안, 번역하여 미국에 소개한 공적이 크다. 단테의 《신곡》 번역에 붙인 소네트 《신곡》이 최대 걸작으로 평가된다.

황병승

1970~. 서울에서 태어났다. 2003년 《파라21》로 등단했다. 시집으로 《여장남자 시코쿠》, 《트랙과 들판의 별》, 《육체쇼와 전집》이 있다.

황종권

1984~. 전남 여수에서 태어났다. 2010년 《경상일보》 신춘문예에 '이팝나무에 비 내리면'이 당선되어 등단하였다.

시가 너처럼 좋아졌어

펴낸날 초판 1쇄 2014년 1월 6일 ｜ 초판 5쇄 2015년 9월 25일

엮은이 신현림

펴낸이 임호준
이사 홍헌표
편집장 김소중
편집 4팀 박혜란 김보람
디자인 왕윤경 김효숙 ｜ **마케팅** 강진수 임한호 강슬기
경영지원 나은혜 박석호 ｜ **e-비즈** 표형원 이용직 김준홍 류현정

기획 임주하 ｜ **일러스트** 영수
인쇄 (주)웰컴피앤피

펴낸곳 북클라우드 ｜ **발행처** (주)헬스조선 ｜ **출판등록** 제2-4324호 2006년 1월 12일
주소 서울특별시 중구 세종대로 21길 30 ｜ **전화** (02) 724-7677 ｜ **팩스** (02) 722-9339

ⓒ 신현림, 2014

ISBN 979-11-85020-18-1 03810

• 이 도서의 국립중앙도서관 출판시도서목록(CIP)은 서지정보유통지원시스템 홈페이지(http://seoji.nl.go.kr)와 국가
자료공동목록시스템(http://www.nl.go.kr/kolisnet)에서 이용하실 수 있습니다.(CIP제어번호: CIP2013026560)

• 북클라우드는 독자 여러분의 책에 대한 아이디어와 원고 투고를 기다리고 있습니다. 책 출간을 원하시는 분은
이메일 vbook@chosun.com으로 간단한 개요와 취지, 연락처 등을 보내주세요.

북클라우드는 건강한 마음과 아름다운 삶을 생각하는 (주)헬스조선의 출판 브랜드입니다.